EMBALLAGE CADEAU

DU MÊME AUTEUR

Dans la même collection :

Laissez tomber la fille.
Les souris ont la peau tendre.
Mes hommages à la donzelle.
Du plomb dans les tripes.
Des dragées sans baptême.
Des clientes pour la morgue.
Descendez-le à la prochaine.
Passez-moi la Joconde.
Sérénade pour une souris défunte
Rue des Macchabées.
Bas les pattes.
Deuil express.
J'ai bien l'honneur de vous buter
C'est mort et ça ne sait pas.
Messieurs les hommes.
Du mouron à se faire.
Le fil à couper le beurre.
Fais gaffe à tes os.
A tue... et à toi.
Ça tourne au vinaigre.
Les doigts dans le nez.
Au suivant de ces messieurs.
Des gueules d'enterrement.
Les anges se font plumer.
La tombola des voyous.
J'ai peur des mouches.
Le secret de Polichinelle.
Tu vas trinquer, San-Antonio.
En long, en large et en travers.
La vérité en salade.
Prenez-en de la graine.
On t'enverra du monde.
San-Antonio met le paquet.
Tout le plaisir est pour moi.
Du sirop pour les guêpes.
Du brut pour les brutes.
J'suis comme ça.
San-Antonio renvoie la balle.
Berceuse pour Bérurier.
Ne mangez pas la consigne
La fin des haricots.
Y'a bon, San-Antonio.
De « A » jusqu'à « Z ».
San-Antonio chez les Mac.
Fleur de nave vinaigrette.
Ménage tes méninges.
Le loup habillé en grand-mère.
San-Antonio chez les « gones »
San-Antonio polka.
En peignant la girafe.
Le coup du père François.
Du poulet au menu.
Le gala des emplumés.
Votez Bérurier.
Bérurier au sérail.
La rate au court-bouillon.
Vas-y Béru !
Tango chinetoque.
Salut, mon pope !
Mange et tais-toi.
Faut être logique.
Y'a de l'action !
Béru contre San-Antonio.
L'archipel des Malotrus.
Zéro pour la question.
Bravo, docteur Béru.
Viva Bertaga.
Un éléphant, ça trompe.

Faut-il vous l'envelopper ?
En avant la moujik.
Ma langue au Chah.
Ça mange pas de pain.
N'en jetez plus !
Moi, vous me connaissez ?
Appelez-moi chérie.
T'es beau, tu sais !
Ça ne s'invente pas !
J'ai essayé : on peut !
Un os dans la noce.
Les prédictions de Nostrabérus.
Mets ton doigt où j'ai mon doigt
Si, signore.
Maman, les petits bateaux.
La vie privée de Walter Klozett.
Dis bonjour à la dame.
Certaines l'aiment chauve.
Concerto pour porte-jarretelles.
Sucette boulevard.
Remets ton slip, gondolier.
Chérie, passe-moi tes microbes !
Une banane dans l'oreille.
Hue, dada !
Vol au-dessus d'un nid de cocu.
Si ma tante en avait.
Fais-moi des choses.
Viens avec ton cierge.

Hors série :

L'Histoire de France.
Le standinge.
Béru et ces dames.
Les vacances de Bérurier.
Béru-Béru.
La sexualité.
Les Con.
Si « Queue-d'âne » m'était conté.

Œuvres complètes :

Dix-huit tomes déjà parus.

SAN-ANTONIO

EMBALLAGE CADEAU

Roman Spécial-Police

ÉDITIONS FLEUVE NOIR
6, Rue Garancière - PARIS VIe

ISBN-2-265-00922-9

CHAPITRE PREMIER

La chiasse, lorsqu'on se baguenaude en hélicoptère, c'est qu'il faut appliquer le pavillon (de banlieue) d'un porte-voix sur les portugaises du pilote si l'on veut se faire entendre de lui. Moi, de m'obstiner à faire un brin de causette à Jim, tandis que nous survolons Miami Beach, ça me rend aphone en moins de temps qu'il n'en faut à votre boucher pour majorer ses prix un jour de grève à la Villette.

Je lui mugis des questions dans le tiroir à sottises. Il hoche la tête (car ne travaillant pas dans la restauration il n'a aucune raison de branler le chef) et une fois sur deux m' hurle un « what » qui n'a rien de 69. Au bout du compte, sa converse doit avoisiner le kilowhat heure. Force m'est donc de répéter ma question en me distordant les ficelles jusqu'à les amener au point de rupture.

— Et cette demeure-là, à qui appartient-elle ?

Faut drôlement se récurer les trompes pour capter la réponse :

— John B. Kurtiss, des pétroles...

— Et la grande aux murs roses, sur la droite ?

— Lewis Stone, des produits chimiques...

Ceux qui ne connaissent pas Miami s'en font une idée absolument fausse, je cause d'expérience. Ils imaginent une espèce de Cannes gigantesque, américanisée pis que la nôtre, qui foiridonne au bord de l'Atlantique dans un fracas de juke-boxes. En réalité, Miami se divise en trois parties.

D'abord il y a la ville proprement dite, distante de la mer de quelques miles. Une grande cité banale et brûlante, avec des banques de marbre, des rues jonchées de papiers souillés, des magasins sans grâce et des palmiers étiques dont les palmes poussiéreuses pendent comme la zézette d'un académicien. Succède alors une morne étendue d'apparence marécageuse que traverse une route rectiligne nettement en surplomb et qui joue au pont en pointillé.

Cette voie imperturbable conduit à Miami Beach. Je vous raconte tout ce blaud pour bien vous camper le paysage où je te vais vous dérouler une action pas dégueu. Miami Beach est une interminable langue de terre qui suit le continent sur des bornes et des bornes. Les hôtels s'y succèdent à la queue leu leu ; gratte-ciel marmoréens flanqués de piscines tarabiscotées dont le mauvais goût atteint au sublime.

Il existe une poésie de l'outrance, un génie du paroxysme. L'inconscience devient un art lorsqu'elle est absolue. Les « palaces » de Miami sont à l'hôtellerie ce que la Tour Eiffel est à la cathédrale de Chartres. Là, la peluche, le verre filé, le formica, le métal doré trouvent leur apothéose et mystifient tout ce que la vieille Europe a hissé au rang de matériaux nobles. C'est un rêve hollywoodien pour bonniches en transe. Le paradis de l'aberration. Le Vatican du non-art. L'œil civilisé s'y meurtrit la rétine à la cadence de 24 images/seconde.

Seulement cette démence à grand spectable possède une qualité primordiale : elle est fonctionnelle. Si bien qu'en très peu de temps on se laisse emporter par ce flot de pacotilles coûteuses. On s'y abandonne et on finit par se demander si, dans le fond, le style Louis Machin n'est pas simplement une masturbation prétentiarde.

La troisième partie de Miami annoncée plus haut se situe sur la lagune bleue qui isole le cordon de terre du continent. C'est la plus belle, la plus secrète, la mieux protégée, car c'est là que crèchent les milliardaires. Pour y pénétrer il faut franchir des barrages et montrer patte blanche. On ne peut y circuler librement. Dès que vous vous présentez à l'orée de ce ghetto pour grossiums, des gardes à casquettes plates, aux biscotos format ballon de rugby, couverts de poils roux et bardés de pétoires, vous foncent sur le paletot comme la chtouille dans la braguette de Maupassant.

Même si vous causez l'anglais et un peu d'américain, il vous est impossible de comprendre leurs aboiements. Il n'importe : le verbe est superflu lorsqu'on trimbale des bouilles comme les leurs. Ils ont des expressions magiques, les bougres ! Des mimiques capables de guérir le hoquet d'un marteau-piqueur. Imaginez des lions souffrant d'hémorroïdes auxquels on aurait enfoncé des mégots de cigare incandescents dans le prose et vous aurez une faible idée du bon accueil que ces messieurs les garde-pèze réservent au touriste curieux.

La seule manière de se faire une idée de la « Résidence des milliardaires », c'est de la survoler. Y a un petit héliport aménagé dans les environs exprès pour ça. Moyennant dix dollars, le gars Jim (son blase est écrit sur sa combinaison bleue) vous fait faire du rase-tuiles au-dessus de l'archipel enchanté. Il incline son zinc pour vous permettre de mieux admirer les pelouses vertes, les opulentes maisons blanches ou roses, les mignons embarcadères dans le giron desquels somnolent des chriscrafts rutilants, pareils à des troupeaux d'alligators de pure race.

— Et celle-là, aux tuiles de couleur ? demandé-je, guidé par mon fabuleux instinct.

— La propriété de Neptuno Farragus, des avions...

Je fais tilt.

Mon objectif, les gars !

— Elle est chouette, hé ? glapis-je contre la tempe couverte de rouflaquettes blondes du pilote. On peut la revoir ?

— Facile !

Un virage sur la pale. Vue d'en haut, la demeure ne paraît pas très vaste. Elle a la forme d'un « L » majuscule. Des haies de palétuviers roses l'isolent de l'eau. Je distingue, dans l'angle du « L » dallé de pierres blondes, des meubles de jardin, un parasol bleu. Fissa je mitraille de mon Leica. Vu à travers le viseur, ça reste pas mal et enchanteur sur les bords.

— Il l'a fait venir de la Côte d'Azur, récite le pilote. Elle a été rebâtie pierre à pierre, tuile à tuile.

Jim est le chantre des grosses fortunes qui sont venues se mettre en essaim dans ce coin ensoleillé de la Floride. Il les célèbre fièrement, un peu comme s'il en était l'usufruitier.

— Formide, non ?

— Du tonnerre !

— Bougez pas, je vais vous montrer celle de Steve Borg, des potasses, elle est deux fois plus grande !

Je me tamponne le hangar à prostate de la tanière à Mister Borg. J'ai vu ce que je voulais voir. Néanmoins je tire quelques clichés d'une immense merderie aux tuiles mordorées comme des chaussures du soir. Pour donner le change...

Au bout de quelques minutes on regagne le terrain après un viron majestueux au-dessus de la mer. Ce faisant, nous survolons mon hôtel : le *Dorade,* un monstrueux machin en faux marbre noir qui étincelle au soleil de toutes ses immenses vitres teintées. J'aperçois la piscine, avec un tas de connards autour. Je reconnais même un gus sur le grand tremplin qui passe son temps à exécuter des effets de muscles pour impressionner des vieilles tartes gaufrées.

Puis déjà le terrain apparaît, biroute au vent. Un peu plus loin, sur le bord de mer, c'est l'aire d'envol des hydravions à destination des Bahamas.

La virouze en hélicoptère a duré un quart d'heure. C'est le taf. D'autres mecs attendent leur tour, à l'ombre sommaire d'un hangar de roseaux : des touristes ricains, en short kaki et chemise pop' bardés d'appareils photographiques. Je cherche Béru et Pinuche des yeux (1). Nobody.

D'instinct, je baisse la tronche pour sortir de l'appareil. Les grandes pales continuent de mouliner et l'air qu'elles déplacent ébouriffe mes crins. Sitôt sorti de cette zone ventilée, la chaleur m'alpague, sévère. Une bouffée torride qui, en un instant, détrempe ma limouille. Je mate l'étendue galeuse. C'est beau, la chaleur, mais en fin de compte c'est vite triste. Il existe une détresse caniculaire. Une agonie dans l'implacable lumière solaire.

Je rêve à l'Ile-de-France et à ses verdoyantes humidités. On connaît pas son bonheur de crécher dans des climats tempérés. J'évoque notre jardin, avec son odeur de terre grasse et ses allées bordées de buis. La petite pièce d'eau à la margelle limoneuse où une rainette vient pousser sa bramante, les soirs d'été.

Des chandelles grosses comme ma cuisse me raisinent le long des tempes. Je vais d'un pas accablé jusqu'au burlingue préfabriqué où l'on prend ses tickets de croisière. Des appareils distributeurs s'alignent contre le mur. Coca, 7 up et toutim ! Je file un nickel dans la première fente venue. Un gobelet de carton choit dans une niche vitrée et un jet brun, dru

(1) Expressions stupides, comment les chercher autrement qu'avec les yeux ? A l'odeur, peut-être, en ce qui concerne Béru ?

et mousseux comme du lait frais, fouette les parois du gobelet. Miracle, le breuvage est glacé.

Pendant que je l'écluse, une immense Buick décapotable, blanche comme un yaourt, stoppe à ma hauteur en soulevant un immense nuage de poussière jaune. Béru et Pinuche occupent le somptueux véhicule pour P.-D.G. fraîchement promu. Description des intéressés, please, car elle en vaut la peine.

Le Gros est vêtu d'un bermuda blanc à fleurettes mauves et d'une chemise peinte dont le motif représente la destruction par l'aviation japonaise de la flotte américaine basée à Pearl Harbor, le 7 décembre 1941. Il porte des chaussettes aussi montantes que dépareillées et ses souliers de ville. Il est coiffé d'une casquette verte à longue, très longue, visière et a chaussé la patate qui lui tient lieu de nez de lunettes de soleil assez extravagantes, puisqu'elles sont en forme de cœur et que leur monture est à damier.

Quant au père Pinuche, parodiant (mais dans la sobriété) son ami, il arbore un short de tennisman, une limace blanche à rayures noires et des lunettes à monture de bois. Français moyen dans l'âme, il a conservé son bada de feutre gris au bord gondolé. Les fameux duettistes déboulent de leur tombereau et s'avancent sur moi comme une bonbonne de picrate et une baguette de pain qui seraient de sortie. Les cannes à Pinuche sont d'une maigreur en comparaison de laquelle le squelette de Valentin le Désossé ferait songer à Orson Welles. On dirait une fourchette à escargot, le fossile ; les deux fiches d'une prise électrique.

— Pendant qu'on se rôtit les meules sur not' banquette brûlante, môssieur le commissaire se goberge, rouscaille l'Enflure. J'ai la menteuse plus sèche qu'une pierre à briquet, moi !

Il passe en revue les appareils aux chromes étincelants.

— Y aurait pas le rayon Muscadet-village dans ton super-maquette à la gomme ?

— Ça m'étonnerait, Gros.

Béru continue son inspection maugréante. Puis il murmure en tapotant l'un des engins :

— Je vas toujours me respirer une petite bière, histoire de me refoutre du liant dans le clappoir.

Il y va de sa piécette. Vase alors une abominable pisse d'âne que Sa Majesté cramponne d'une main indécise.

— Moi qui l'aime sans faux col, grommelle-t-il, je sus servi. Quand j'aurai gobé toutes ces bulles je verrai déjà le fond de mon godet.

Il boit goulûment et recrache comme éclate une grenade.

— Qu'est-ce c'est c'te vérolerie ! beugle l'homme au gosier en forme de chasse d'eau. Ils l'achètent à la pharmacie du coin, leur bière, ces enfoirés !

— Assez souvent, admets-je, seulement ce que tu viens de goûter n'est pas de la bière.

— Et mes fesses ? objecte agressivement le gros teigneux, c'est pas écrit dessus, comme sur le port salubre, des fois ? Beer ! Si ça voudrait pas dire bière, beer. ça signifierait quoi t'est-ce que ?

— Rectification, Votre Honneur. Il y a écrit *Root-beer,* ce qui veut dire « bière de racine ».

— Racine de chicorée amère, bougonne Pépère. C'est de l'abuse-confiance ! Root, moi je croyais que c'était la marque.

Furax, il file un shoot mammouthien dans le flanc du distributeur, lequel, sous l'impact, devient d'une folle prodigalité et se met à pisser comme trente-six vaches à la fois. Le *root-beer* jaillit telle l'eau d'une canalisation crevée. Il ruisselle et fume dans le soleil. S'étale, pareil à de la lave en infusion, creuse son lit dans la pelade du champ. Un nouveau fleuve côtier est né aux States, les gars : the Root-beer river. M'est avis que c'est le moment de les mettre avant qu'il grimpe en crue !

On investit la tire dont je prends le manche, et on décare en soulevant des poussières.

— Alors ? Le résultat de vos travaux, mes bons messieurs ? lancé-je lorsque nous avons rejoint la route.

Pinuche crache la feuille de laurier qu'il mâchouillait et soupire :

— Les postiers et certains livreurs seuls ont le droit d'entrer...

— Voilà qui est réconfortant.

— Seulement, bêle l'ovidé, j'ai l'impression que ces gens sont familiers aux gardiens. Si l'on se déguisait en fournisseurs, on nous demanderait des justificatifs... D'ailleurs ton accent te trahirait, je ne parle pas de Béru et de moi-même qui effleurons l'anglais sans le parler vraiment.

— Cause pour ton compte, la Cerise ! jette le Mastar. J'ai pas l'habitude de me vanter, c'est pas mon genre, mais pour ce qu'est de jacter le britiche j'en remontrerais à la Princesse Margaret soi-même !

Rire frileux de Baderne-Baderne exprimant toute l'incrédulité disponible en ce monde.

Je réfléchis, passant en revue dans ma tête bourrée d'intelligence les détails de la propriété de Neptuno Farragus. J'ai hâte de développer mes photos et de les agrandir, mais d'ores et déjà j'ai retapissé certains éléments qui ne me laissent rien présager de bon. Le Vieux nous a cloqué une de ces besognes hors série qui compte dans la carrière d'un matuche, espérez du peu !

On œuvre dans le style « Mission Impossible », vous voyez ce que je veux dire. De quoi finir nos jours à Tsing-Tsing en cas d'échec. On sera pas repêchables, never ! Pestiférés définitifs, radiés des tablettes de la rousse ! Les gens cracheront après avoir prononcé nos noms. On leur lavera le cerveau chaque fois qu'ils penseront à nous. Réussir ou s'engloutir dans des flots d'opprobre, tel est notre sort. D'ailleurs, le Big Boss ne nous a pas forcé la main ! Du moins pas ouvertement. Elle nous a eu par la bande, c'te vieille seringue. Au trémolo tricolore, comme toujours. Merde, avoir des idées aussi hardies que les miennes et céder à de pareils arguments, j'en ai les poils des bras qui m'en tombent.

Et les bras aussi.

Je pantèle du caberlot !

« Vous n'êtes pas obligé d'accepter une telle

mission, mes amis, gargarisait Pépère. Je sais qu'elle heurte les garçons francs et loyaux que vous êtes. Elle fait saigner votre conscience. Oh, oui : je sais, je sais... Seulement les intérêts supérieurs de notre pays sont en cause. Nous avons été bernés de la manière la plus répugnante qui soit.

« Voilà pourquoi, moi, homme d'honneur, je vous dis : « Dans certains cas, tous les moyens, je répète : tous les moyens, sont bons pour laver l'outrage et gagner la deuxième manche et la belle. Vous courrez les plus grands dangers et je ne pourrai rien pour vous ! Dites-vous qu'au cas où vous accepteriez, mon désaveu vous accompagnerait (en même temps que mes vœux). Je ne puis que vous garantir les moyens financiers les plus étendus. Côté trésorerie, c'est du sans-limite et savez-vous pourquoi ? PARCE QU'IL FAUT REUSSIR, messieurs ! »

Je me souviens que c'est le Gros qui a réagi le premier.

— Fectivement, m'sieur le directeur, ce que vous nous demandez est un peu plus que dégueulasse, mais si ce serait un effet de vot' bonté, j'aimerais savoir ce dont il nous a bricolé comme arnaque, vot' Farragus.

Théâtral, le Dirlo est allé entrouvrir sa porte capitonnée comme pour s'assurer qu'aucune oreille téméraire n'y était collée. Puis il est revenu à notre trio et a murmuré :

— Vous connaissez bien sûr la Société Aéronautique Blum-Dattaque.

— C'te connerie, Boss ! C'est la plus importante de France.

— Il y a un an, un groupe d'ingénieurs de cette société a fait une découverte susceptible de bouleverser l'aéronautique internationale.

— De quoi s'agite-t-il, m'sieur le directeur ? a piaffé l'impatient Béru.

— Secret d'Etat, et à vrai dire, je n'en ai qu'une idée très évasive. Mais là n'est pas la question, du moins en ce qui nous concerne. La mise en étude de ce projet nécessitait des moyens que la France hélas est loin de posséder. Chez Blum-Dattaque, avec l'accord du gouvernement, on s'est tourné du côté de l'Amérique et, après de tortueux pourparlers, un contrat d'association a été signé avec la puissante firme Neptuno Farragus. Contrat à la suite duquel l'équipe d'ingénieurs français est partie pour la Floride où sont implantées les formidables installations de Farragus. En arrivant là-bas, notre groupe de chercheurs a fusionné avec un groupe d'ingénieurs américains et ces messieurs se sont mis au travail. Pendant quelques mois, ç'a été le black-out. Et puis la semaine passée, drame !

— Je sais ! me suis-je égosillé : l'accident d'avion de Tampa. Un zinc particulier s'est écrasé au décollage ? Huit morts, parmi lesquels cinq ingénieurs français ?

— Exact, San-Antonio. Tous nos garçons de la société Blum-Dattaque y sont passés.

— Aucun ingénieur de chez Farragus ?

— Aucun. Le pilote, le radio et un public-relation

de la Compagnie Neptuno Farragus furent les seules victimes américaines de la catastrophe. L'avion se rendait à San Antonio, Texas.

— San Antonio ! a exclamé Béru, j' savais pas que t'avais cloqué ton blaze à une ville !

Le vieux a toussoté.

— Ce voyage avait été organisé par Neptuno Farragus soi-même. Il emmenait tous ses chercheurs à San Antonio pour un week-end dit de relaxation. L'ennui c'est que seuls les Français sont restés sur le carreau. L'avion de l'équipe américaine, lui, est arrivé à bon port. Naturellement, les dirigeants de la société Blum-Dattaque sont immédiatement partis pour la Floride. Ils n'en ont ramené que les cadavres. Lorsqu'il a été question des travaux, on leur a répondu que ceux-ci étaient nuls et non avenus, alors que par des courriers privés, les ingénieurs français faisaient étalage d'un vif enthousiasme et annonçaient des résultats fracassants.

— C'est ce qui s'appelle se le faire introduire dans le recteur jusqu'au trognon ! a tonné Béru. Je mords le topo d'ici, Patron. Quand le fruit a été mûr, ces vaches l'ont cueilli et ont scié la branche !

— Pour être pittoresque votre résumé n'en est pas moins valable, Bérurier. Vous comprenez bien, messieurs, que devant une telle abomination, nous ne devons pas faire la fine bouche quant aux moyens de rétorsion ?

Un silence a pesé.

Empesé.

Et puis c'est Pinuche, dit le Fossile, dit la Brindille,

dit Pépère, dit la Vieillasse, dit le Détritus qui, étant le plus âgé de nous trois, a, sans seulement se donner la peine de nous consulter, engagé nos avenirs :

— Nous comprenons parfaitement, monsieur le directeur, aussi partirons-nous là-bas et nous conformerons-nous à vos instructions après avoir muselé nos consciences !

Poignées de main. Larme à l'œil. Mentons à la Saint-Cyrienne...

Parfois, chez messieurs les hommes, la vilenie est une forme de l'héroïsme !

***

On occupe un appartement somptueux au 24e étage du *Dorade*. Deux chambres, deux salles de bains, un grand salon avec TV. Les meubles sont en formica authentique, les tentures en véritable matière plastique ouvragée et le réfrigérateur est rempli de Coca-Cola millésimé.

Je sors de la salle de bains en agitant un cliché luisant comme un mammifère qui vient de naître.

— Bon ! Au charbon, mes amis ! déclaré-je.

Les Laurel et Hardy de la police parisienne visionnent un dessin animé à la téloche. Leur vice c'est d'appuyer sur les boutons logés dans l'accoudoir du grand canapé. A chaque pression, une nouvelle chaîne saute dans l'écran. Béru déguste un bordeaux tiède *made in California,* breuvage louche qui a un goût de vinaigre additionné de miel. Pinaud, plus réaliste, se contente de bourbon.

J'étale mon épreuve sur la table, fixe les coins de l'image à l'aide de petits objets pesants, et étudie la vue aérienne d'un œil sagace. Professionnels endurcis et endoctrinés, mes sbires éteignent la télé et font (arc de) cercle autour de moi.

— Bon, v'là donc la crèche à Neptuno ? murmure le Gros. Pas mal, si j'aurais c'te masure à Chatou ou à Neuilly-Plaisance, j'en ferais mes choux-raves pour les ouique-andes. Tiens, j'imagine Berthy dans la piscine haricot, avec un maillot deux pièces qui lui soulignerait les bas-reliefs !

— Si tu possédais cette demeure, Alexandre-Benoît, coupé-je, tu ne serais pas obligé de l'équiper façon camp de concentration, toi. Sous son aspect enchanteur, c'est une véritable forteresse moderne. Quelle chienlit que d'être milliardaire ! Le principal avantage qu'offre l'argent, c'est qu'il permet de résoudre une partie des problèmes que pose l'argent.

— Quoi, une forteresse ? s'étonne l'Enflure.

Je biche un crayon pour désigner des points de détail mal discernables sur l'épreuve.

— Regardez ces fils qui courent dans le gazon, le long des barrières, je vous parie l'appeau de mes quenouilles qu'ils sont électrifiés, la nuit. Et ces espèces de pustules sur la façade de la maison ? Des cellules photo-électriques, mes très chers. Notez la situation particulière de la guitoune de gardiens, nettement surélevée par rapport à la demeure de maître. Depuis sa terrasse on couvre toute la propriété.

« D'ailleurs, c'est net : il y a des projecteurs

braqués dans toutes les directions, de manière à couvrir la totalité du territoire de notre ami Neptuno. Côté embarcadère, les moyens de protection sont encore plus renforcés, si possible. Voyez, cette masse sombre, immergée, au ras des marches. Il s'agit, je suppose, d'une herse qui doit sortir de l'eau, la nuit, ses pics acérés dardés sur l'extérieur. Mais il y a pire encore que tout cela...

Je retourne à la salle de bains où un second cliché est en train de sécher. Je le soumets à mes bonshommes. La photo est celle d'un chenil bourré de danois. L'un d'eux a la tête dressée vers mon hélicoptère dont le ronron devait l'agacer. Cette frime, mes enfants ! J'ai jamais vu une bouille plus patibulaire, sauf chez certains hommes.

Bérurier fait la grimace.

— Drôles de médors, convient-il. Ça, c'est du toutou qui n' doit bouffer que de la fesse d'homme. Les gars qu'ont essayé de les caresser doivent être manchots à l'heure actuelle.

Pinuche achève son godet de bourbon. Il se laisse tomber dans un fauteuil face au climatiseur et murmure :

— On ne peut rien tenter ouvertement. Il va falloir biaiser...

— T'entends le père la Colique ? murmure Alexandre-Benoît. Il a envie de biaiser, le chéri. C't' idée lui a escaladé la coiffe toute seule. En v'là un qui doit élever des hannetons dans sa cervelle. Et comment t'est-ce que tu biaiseras, dis, figure de fifre ?

— Faut voir ! dit Pinuche sans se formaliser.

— Eh ben voye, mon pote, voye !

Le Fossile gratouille sa moustache en pinceau usagé.

— Savez-vous comment fut assassiné Trotsky ? nous demande-t-il à brûle-pourpoint.

La question nous déconcerte. Je réponds que j'ai oublié, quant à Béru, il demande qui est Trotsky. La Relique se verse un nouveau goduche et déclare.

— Trotsky s'était réfugié dans la banlieue de Mexico. Sachant que Staline voulait le faire assassiner, il se terrait dans une maison transformée en forteresse et pleine de gardes du corps. Une nuit, un commando de tueurs est arrivé, a neutralisé ses gardiens, et a tiré plus de deux cents balles de mitraillette dans la chambre de Trotsky.

— Tu parles qu'il devait être déguisé en hamburger, ton trotte-ski, ricane le Gros.

Pinuche sourit :

— Pas une égratignure ! L'attentat a été un fiasco complet. Seulement, quelques mois plus tard, un de ses familiers lui a fracassé le crâne d'un coup de piolet, dans son bureau. Comme ça, calmement, à tête reposée, si je puis dire. Comme quoi, dans ces cas-là la ruse est payante, et non la force.

J'opine.

— Je suis parfaitement ton auguste pensée, César. Mais le moyen de devenir le familier d'une maisonnée pareille, dis voir ?

— Tu ne m'as pas compris, maussade-t-il.

— Alors fais-moi un dessin, noble vieillard démantelé.

— Ne pourrait-on s'allier à un familier ?

— L'argument d'une telle alliance, please ?

Le cher débris branle son chef de sous-chef de gare en retraite.

— L'argument, San-Antonio ? L'argument ? N'avons-nous pas des dollars à revendre ? Donc, à donner ?

CHAPITRE II

Black quitte son service à six heures du soir. C'est le plus âgé des vigiles ; le plus dodu aussi. Il trimbale une brioche par-dessus son ceinturon de cuir susceptible de concourir avec celle de Béru pour le prix du plus bel ancien bébé *in the world*. Pas de cou ! Sa grosse tronche rousse parsemée de fils gris est directement posée sur ses musculeuses épaules.

J'ai pas besoin de l'approcher pour savoir son odeur. Il pue le rouquin, Black. Le gros rouquin suant, et ça se complique d'une odeur de vieux cuir. Les gus de son gabarit sentent tous plus ou moins l'écurie. C'est sur ce personnage aux petits yeux délavés, aux bajoues constellées de taches brunes, dont la chemise déboutonnée jusqu'au nombril laisse échapper d'énormes touffes de poils blancs que j'ai jeté mon dévolu.

C'est pas qu'il a l'air commode, Black. Oh, que non ! Il regarde ses contemporains avec des yeux de flic auquel on vient de faucher son bâton blanc en plein carrefour. C'est son poids qui m'a décidé. Les hommes, plus ils sont mahousses, plus ils sont vulnérables. Question de volume. Les énormes offrent une plus belle cible que les maigrichons. C'est mathématique, dans le fond, comme conception. Une citrouille est plus fastoche à flécher qu'un melon.

Quand il quitte son boulot de chien de garde, au paradis des milliardaires, il grimpe dans une vieille Oldsmobile en haillons dont la couleur n'est plus très discernable, et il rentre chez lui, loin derrière les palaces, dans une banlieue en forme de fête foraine, pleine de motels peinturlurés, de marchands de hot dogs dans des roulottes climatisées et de stations d'essence bourrées d'oriflammes qui turbulent au vent du large.

Chaque soir, le gros rouquin arrête sa tire devant un bar tenu par un rital à tête de corbeau triste. *Mia Napoli,* ça s'appelle. En permanence, un picupe joue les classiques italiens, genre *O sole mio*. Des fiasques de chianti sarabandent au-dessus d'un vaste comptoir en fer à cheval. Le fond du rade est garni d'une immense glace mitée tout autour de laquelle on a collé des photos de boxeurs aux noms italoches, qui matent la clientèle avec des yeux farouches, par-dessus leur garde haute.

Black entre d'une démarche lourde, le bide pointé comme le museau d'un canon de marine. Il se perche sur un tabouret en forme de selle, dépose sa casquette sur le zinc et torche son front en sueur d'un revers de coude. Sans un mot, le loufiat plaque une bouteille de bière devant le gravos qui la boit au goulot, à longs traits, en faisant danser dans son cou de taureau une glotte grosse comme une balle de tennis.

— Ça va mieux, hein ? lui lancé-je après qu'il a reposé la bouteille vide sur le rade.

Il me virgule un regard en tire-bouchon et ne répond rien. A priori, c'est pas un liant.

L'Italien lui annonce une seconde boutanche. Black l'empoigne, mais hésite à l'entonner. On dirait qu'il cherche à se rappeler quelque chose d'important avant d'écluser. Sa concentration lui facilite l'émission d'un rot phénoménal. C'était tout ce qu'il avait à dire. L'objet de sa méditation. Son message. Douze lions en furie qui rugiraient en même temps ne peuvent donner qu'une idée approximative du bruit produit par un rot de Black.

Béru qui fait le 22, dehors, pendant que Pinuche dégonfle les pneus du colosse, passe une tronche effarée par la porte ouverte. Il est battu, le Mastar, question borborygme. C'est le K.-O. debout. Le gnon au bouc, imparable. La dévalade aux abîmes. Quand t'as entendu un rot de cette ampleur une fois dans ta vie, tu dois déclarer forfait. Inutile de vouloir compétitionner, ce serait la faillite. Tu peux avaler du bicarbonate, boire de la limonade, manger des radis, y a pas de recette, t'as touché le sol des deux épaules !

Le vigile engloutit sa seconde bière et jette une pièce sur le zinc. Pas un mot n'a été échangé entre lui et le louf. Rien qui fasse mieux économiser la salive que l'habitude. Le gros garde recoiffe sa bâchouze en descendant la visière bas sur son front de bouvillon.

Il lâche un chouette pet en descendant de son escabeau et sort, avec le gars mézigue sur ses talons (plats).

Oh ! la poire du monsieur lorsqu'il avise sa tire abaissée de vingt centimètres ! On a l'impression qu'elle s'est assise, l'Oldsmobile. Imaginez la table de votre salle à brifer dont on aurait scié les panards ! Black, c'est pas exactement un cérébral. Il pense à coups de pioche, comme on creuse une tranchée. Je l'aide à se défouler en entonnant une bramante. Vous me verriez égosiller dans le soleil, vous croiriez que je viens de décrocher un first prix du Conservatoire.

— Ah ! les voyous ! hurlé-je. Les petits salopards ! Regardez, mon pneu avant. Et les quatre vôtres, mon pauvre vieux ! A moi ils n'ont pas eu le temps. C'est de la graine d'assassin ! On devrait les foutre dans un pénitencier, ces sales mômes ! Leur faire casser des cailloux jusqu'à la majorité de leur arrière-petits-enfants ! Quelle époque !

J'ai tort d'escrimer, vu que ça ne lui stimule pas les cellotes pour autant. Il gamberge au ralenti, Black. Faut que la réalité se faufile jusqu'à son entendement, qu'elle l'investisse bien, prenne sa place, y trouve des points d'appui. Et alors seulement il barrit. On se croirait transporté dans le Livre de la Jungle ! En plein Kipling !

— Bruiiiiiiiiit ! il fait, Black.

Textuel. Bruiiiiiiit ! Je lui croyais pas un organe à ce point perçant. Comment peut-on être aussi perçant ? se demanderait Montesquieu. Mes tympans se recroquevillent comme les orteils d'un facteur rural par moins 20° !

Joignant le geste à la clameur, il se rue en avant, Black. Il voudrait casser quelque chose, ou plutôt quelqu'un. Le casser menu. En faire du petit bois, de la ouate, de la fibre. Il arrache sa casquette ! Il la mord ! Il piaffe ! Et ses coups de semelle font frémir l'écorce terrestre dans un rayon de dix miles. Des juke-boxes se déclenchent tout seuls. Des enseignes au néon éclatent. Des vitres se fendillent. V'là la grosse enflure qui se met à boxer le vide. Te fout K.-O. dix mètres cubes d'air en dix secondes ! Le ceinturon lui en craque. Des boutons pleuvent de lui comme des pêches mûres dans la vallée du Rhône un jour de mistral.

Il lâche des giclées de bière en exclamant. Il a viré au violet sombre. Et puis à la fin, le souffle lui manque et il s'écroule contre sa chignole en bavant une mousse pareille à de la crème à raser après rasage.

— Ne vous mettez pas dans des états pareils, Vieux, lui dis-je d'une voix compatissante, après avoir feint d'inspecter nos boudins. Ces pneus ne sont pas crevés, mais seulement dégonflés. Aussi, voilà ce que nous allons faire : Vous m'aidez à changer ma roue à plat, après quoi je vous emmène chez votre garagiste d'abord, à votre domicile ensuite. J'ai tout mon temps et chez nous, en France, on a trop le culte des Américains pour que je ne leur vienne pas en aide quand l'occasion se présente.

A ces mots, le père Black sort de sa prostration et

braque sur mon avenante personne un regard injecté de sang, mais où passent et repassent des lueurs d'espérance.

— Vous êtes un french boy ? il balbutie.

— Entièrement ciselé à la main, Vieux.

Mister Rouquinos me brandit une grappe de francforts trop pochées (car elles ont éclaté en moult endroits).

— J'ai fait le débarquement de Normandie ! me déclare-t-il en se passant d'ambages.

— Compliment, mon vieux, vous l'avez drôlement réussi, approuvé-je.

Une espèce de début de projet de brouillon de sourire semble vouloir éclaircir son front bas et chargé d'électricité. Il semblerait que je viens de planter un premier crampon dans le mur des milliardaires, non ?

A quand l'escalade ?

God seul le sait !

*
* *

Charmante, Mme Black. On dirait une crémière qui aurait décidé de se faire passer pour une Vamp du cinématographe, style productions d'avant-guerre. Elle est un peu trop boulotte (parce qu'elle boulotte trop), avec des cheveux acajou, frisés serrés, des cils qui paraissent tressés, une bouche menue qu'elle a déguisée en coquelicot, de grands yeux clairs et bêtes et une belle poitrine de caissière.

Elle porte une charmante robe imprimée par-dessus laquelle elle a noué un tablier gadget représentant un corps de fille nue.

Une fois chez lui, Black perd son côté bourru et un tantisoit belliqueux pour virer au mouton tondu.

— Barbara, dit-il à son brancard, je te présente Tony, un aimable Français qui vient de me donner un sacré coup de main.

Il raconte l'odyssée, mieux que ne le ferait Homère, et en usant d'un vocabulaire beaucoup plus varié. Son épouse écoute d'une oreille distraite car il semblerait que j'accapare d'emblée son attention. Elle me défrime comme Jeanne d'Arc devait mater saint Michel en habit de lumière, quand il venait à la relance pour lui inculquer l'anglophobie.

J'ose dire, sans me vanter, qu'elle paraît me trouver à son goût. Son extase (compréhensible d'ailleurs) est telle qu'un instant je crains que Black n'en prenne ombrage. Mais il appartient à la catégorie des époux aveugles. Barbara viendrait s'asseoir sur mes genoux, il ne tiquerait pas, le cher homme. Sa bobonne a une vingtaine d'années de moins que lui et il lui vote toutes les indulgences possibles ; les vieux maris se montrant soit très jaloux, soit très « compréhensifs ».

On est en train d'écluser deux bourbon-coca en parlant un peu du gay Paris, lorsque la porte s'ouvre sur une sirène à peine croyable. Figurez-vous une grande fille d'une vingtaine damnée, mince et plate, avec de longs cheveux roux qui lui tombent jusqu'à la ceinture et qu'elle n'a pas dû coiffer depuis la conquête de l'Ouest. Des taches de son parsèment sa frimousse aiguë.

Elle a cet air effronté que seules quelques garnementes de cette époque ont réussi à mettre parfaitement au point. Je ne sais pas si vous voyez très exactement ce que j'entends par-là, et d'ailleurs je m'en agite les roustes à deux mains, toujours est-elle que cette gentille garce émoustille la main de l'homme d'une manière très particulière : quand on la voit, on est en effet obligé de faire des nœuds à ses doigts pour se retenir de lui allonger des tartes. J'ai rarement eu en face de moi une tête à claques aussi parfaite. Dans le genre, la môme représente le fin des fins, l'aboutissement souverain, une espèce de perfection indéniable.

Ajoutez au descriptif que la poulette doit tirer sur la tige car elle a les yeux évasifs de quelqu'un qui s'est chargé jusqu'au ras des paupières.

En apercevant cette limande, le gars Black s'épanouit comme un paon.

— Ah ! voici Julia, ma fille ! il tonitrue.

On le sent fondant comme une plaque de chocolat au lait oubliée au Sahara. Papa-gâteux en pleine transe ! C'est fou ce que les bonshommes sont fiers de leurs chiares. Et Dieu sait qu'il n'y a pas de quoi, souvent ! J'en connais, des michetons bien célèbres, des supermen qui se sont affirmés avec brio dans l'art ou l'industrie mais qui pavanent plus pour leurs mouflets que pour leur œuvre. Ils ont procréé des minus rachos, faiblards du bulbe, amoindris de partout, navrants, vrais raclures de chiottes à balayer du pied, et ils en sont satisfaits à crever.

Ça les impressionne d'avoir enfanté ces vilains cancrelats à gueules de raie, ces éclaboussures de laboratoire, ces brimborions faisandés, torves et loupés de bas en haut et de gauche à droite. Ils sont éblouis d'avoir foutriqué ces foutriquets. Ils les voient bien sublimes, pimpants neufs, promis à des destins fabuleux qu'en comparaison çui de Napoléon ressemble à une histoire de lampiste. Et plus ils ont des frimes belettes, ces glorieux héritiers, plus papa les répute admirables. Plus ils sont teigneux, fouineurs, avec des moralités pareilles à des dents gâtées, plus le grand mossieur roucoule d'aise.

Les bonshommes, en vérité, c'est leurs chiares qui les rendent cocus pour de bon, qui les encornent magistralement, à titre définitif. Les femmes se remplacent, les enfants s'additionnent. Se multiplient ! Tu castores un fourmillement de lavedus, mon pote ! Il te dégouline des burnes des floconnements d'endofés irréparables !

Ta descendance est une dégringolade, souvent. Seulement, y a une conne loi de compensation qui fait que t'en es fiérot et que t'étends ta main bénisseuse sur ton troupeau de tozoïdes-gambadeurs en suppliant le ciel de les garder en cette grâce rayonnante jusqu'à la (société de) consommation des siècles et des siècles. Amen ! Ah ! merde ! C'est trop con à la fin de pavoiser pour sa viandasse, de mettre son orgueil dans un crachat de glande ! Enfin quoi, faut se faire une raison, se dire que c'est beau l'amour paternel. Continuer de dévotionner pour les produits de la ferme ! Les enrubanner de tendresse, manière de les rendre plus présentables.

— Votre fille ! roucoulé-je, mes compliments, Vieux !

— D'un premier mariage, ajoute le vigile.

— Tony l'avait remarqué, j'espère ! grince sa bonne femme.

L'arrivante se laisse tomber dans un fauteuil et croise les jambes avec une telle inconvenance qu'on lui découvre l'intime jusqu'au tréfonds et ce d'autant plus facilement qu'elle a oublié son slip sur la banquette arrière d'une chignole. Elle pointe dans ma direction un index impudent et questionne :

— Qui c'est, c' con-là ?

Black toussote, gêné, puis me déclare avec un sourire pas très convaincant :

— Julia adore plaisanter.

— Ça se voit au premier coup d'œil, assuré-je.

La souris continue de me parcourir d'un œil blasé. Elle écoute les explications de son vioque en fredonnant un truc syncopé, car mams'elle Pimbêche doit lire les Rolling Stone dans le texte.

— Il est pas mal, ajoute-t-elle. Il fait un peu représentant en apéritifs avec son complet de soie sauvage, mais à poil ça doit être payant. Je me goure. Barbara ?

La seconde Mme Black hausse les épaules et me mimique un truc éloquent, genre « Faut se la faire ». Après quoi elle m'annonce qu'elle a des steaks épais comme ça dans son frigo et me propose de bouffer avec eux, ce que je m' hâte d'accepter comme bien vous pensez !

— Parfait, parfait ! dit alors le vigile. Vous allez m'excuser, Tony, mais je vais aller prendre ma douche et passer des fringues civiles.

Il vide son verre et se barre. Sa bonne femme bis l'imite comme quoi elle va ouvrir une boîte de haricots noirs (made in Brazil) pour accompagner la bidoche. Je me retrouve donc en tête-à-tête avec la princesse Tête-à-claque. On s'entr'examine sans se faire de cadeau et sans dissimuler l'antipathie qu'on se porte.

— Je parie que vous devez avoir un sexe terrible ? me virgule brusquement la donzelle.

Commak, à brûle pourpoint. Y a des bergères qu'ont de l'audace, non ? Moi c'est la first fois qu'on m'entreprend aussi abruptement.

— Ça dépend du point de vue auquel on se place, je réponds, non sans avoir pris la précaution d'avaler ma salive et de me garnir les soufflets d'oxygène neuf. Si c'est pour offrir à une dame normale, c'est un cadeau qui produira sûrement son petit effet ; mais si c'est pour votre usage personnel, ça risque de faire pauvret dans le hangar à sous-marins que je vous suppose.

C'est tourné, hein ? Du madrigal surchoix, style San-A. La pouf au père Black en reste indécise durant un laps d'étang qui ferait son tour de cadran sur la trotteuse de votre chrono. Et puis elle rit, d'un large rire ammoniaqué, silencieux et acerbe.

— J'ai rarement envie d'un homme, me dit-elle

après un instant de réflexion. Je trouve « ça » barbant dans quatre-vingt-dix-neuf pour cent des cas. Il me semble au début que je vais y prendre plaisir, mais il ne se passe rien. Pourtant, avec vous, ça m'amuserait d'essayer...

— Moi, ça ne m'amuserait pas, assuré-je.

Elle fronce les sourcils.

— Ah non ?

— Non.

— Je vous dégoûte ?

— Pas précisément, mais quand je veux faire joujou je me sers de cartes plutôt que de mon sexe. En France, on a une foutue marotte : on prend l'amour au sérieux, même lorsqu'il s'agit d'une expérience en passant.

Là elle cligne des yeux à plusieurs reprises, comme le fait André Malraux lorsqu'il oraison-funèbre devant les caméras de la téloche.

Et puis elle se dresse d'un bond et vient à mon fauteuil. La môme Julia a un geste fulgurant. J'ai pas le temps de réagir que déjà elle m'a empoigné le métronome à tête chercheuse. Le héron qui fond sur une tanche, mes gamines ! O, la prestesse de cette prêtresse ! Moi, sombre pomme, je me débats. Pas que je sois d'un naturel farouche, vous me connaissez ? Seulement se faire violer dans la salle à manger d'une honnête famille ricaine par la grande fille de la maison, c'est téméraire, pas réglo pour un cent !

Supposez que le gros Black se pointe au milieu de la séance, y aura fiesta à Miami Beach, mes trésors. Il me défouraillera dessus à bouc portant, le vigilant vigile. Pan, pan, pan ! Légitime défense ! Mort au sadique ! Dans mon oraison funèbre on m'appellera « l'odieux personnage ». Ou p't-être que le méchant rouquin me refilera à la rousse au lieu de me tuer. Vous la voyez tourner en eau de boudin (si je puis dire) la périlleuse mission du San-A. ? Echec pour cause de radada ! Le Vieux en crèverait de rage.

— Eh, dites donc, en voilà des malfaçons ! j'égosille en essayant de faire lâcher son os à cette panthère. Non, mais sans blague, vous êtes hystéro, ma gosse !

Je la refoule. Elle s'acharne. Ses dents font le bruit d'un diamant de vitrier tranchant une plaque de verre. On lutte ! Je peux pas user de violences. Elle, soucieuse de conserver sa proie, la cramponne à deux mains (y a assez de prise pour, notez bien, et même il reste de la place vacante). Plus elle pétrit la pâte, plus cette dernière lève, c'est normal. Comprenez qu'en la rebuffant je la pousse à serrer et qu'en accentuant sa pression elle renforce la solidité de son point d'appui. Terrible dilemme.

— Barbara ! elle crie brusquement.

J'en morfle des sueurs instantanées. La transpirance me dégouline le long de la raie médiane. Le récit de coups fourrés amerloques me jaillit en mémoire. Des histoires de chantage. De gonzesses qui vampaient un jules et qui, en pleine action, hurlaient au viol pour faire raquer ce pauvre melon ! Je me dis qu'il est urgent que je retrouve mon indépendance. Remarquez que c'est un mythe, l'indépendance. La véritable indépendance consiste seulement à dépendre de qui on veut ! Mais c'est pas le moment de philosopher, vous vous en doutez.

Je me redresse avec la môme toujours agrippée à ce que je vous ai dit. Trop tard ! La porte s'ouvre. Barbara surgit. Elle regarde. Je m'attends à une beuglante ! La méchante clameur d'alerte ! Mes trompes d'eustache se préparent déjà à des stridences affreuses, à des trilles perforateurs, à des trémolos apocalyptiques !

Eh ben non, mes vaches ! Non, mesdemoiselles, non, messieurs ! Rien de tout ça. Au lieu de l'appel au secours appréhendé, je ne perçois qu'un rire. Un gloussement !

La dame Black se précipite à la curée (d'Urufe). Ses mains entrent en action également. Une bouche vorace écrase la mienne. J'ai un goût de rouge à lèvres dans le clappoir. J'étouffe. On me pétrit tout, partout, savamment. On me dénude en partie (mais quelles parties ! Ce sont des parties prises !). On m'entreprend ! Je ne lutte plus : je cède. Mieux : je participe ! Une action folle ! Philippine ! Vive la France ! Tant pis pour le gros Black. L'a qu'à vigiler chez lui, au lieu de jouer les garde-pèze chez les crésus'men. Il appartient à cette race de paumés qui molestent à l'extérieur et qu'on moleste chez eux. Entre sa grande fille et sa petite femme enflammées du baigneur, il est paré pour la veine. La route du tiercé lui est ouverte à doubles battants !

Ce qu'elles manœuvrent en hardiesse, les dames Black ! Et quelle mise en scène géniale ! Rouleau ferait pas mieux, je démens. A aucun moment de leurs effervescences elles ne se percutent. Pas le moindre heurt, mes amis. Ça fonctionne dans un bain d'huile, leurs chatteries. La fille qu'a de la suite dans les idées pernicieuses s'occupe de la région subéquatoriale, tandis que belle-maman se consacre à la partie supérieure. Une drôle de ravageuse, dame Barbara. Barbare en vrai, je témoigne ! Se fait célébrer une tyrolienne de force. Te place le corpus délit d'autore sur ton appareil à jouer de l'harmonica. Elle pivote de l'Aquitaine. Cette partie de babines, ma doué ! Je la pratique en plusieurs langues.

Moi, prince souverain du clito-chanté, je m'en donne à cœur joyce. Lui interprète les chœurs de l'Armée Rouge à moi tout seul. La menteuse m'en fourche. Certains prétendent avoir un bœuf sur la langue, moi, c'est un bovidé femelle ! Et ce qu'elle aime ça, la chère madame ! A se demander ce qu'elle branle avec son gros sac de Black ! Car c'est sûrement pas ce baril de bière qui lui cause un tel dialecte ! Avec le cataplasme qui lui emplit le groin, il pourrait pas seulement coller un timbre, le vigile !

Curieux comme belle-maman et grande fifille s'accordent magistralement ! Des duettistes superbes ! L'oignon fait la force. Elles te me domptent ! Me surmontent ! Me montent ! Avec ces gentilles furies, il n'est que de se laisser porter par le sens de l'histoire. Le principal avantage d'être violé, c'est qu'on n'a pas à prendre d'initiative. Les agresseurs font tout le boulot. Céder est la meilleure des détentes. Je me détends.

Nous avons repris, ces dames et moi, des positions décentes lorsque le gros guignol revient de ses ablutions. Il sent la savonnette à trois *cents* et il a du talc sur ses oreilles sanguines.

— Voilà, voilà, voilà, fait-il en se laissant choir dans un fauteuil, je ne sais pas si vous êtes de mon avis, garçon, mais ça fait rudement du bien !

Je suis de son avis.

***

Le repas est plein d'entrain.

La séance apéritive semble avoir mis les petites Black de belle humeur. Julia elle-même paraît moins teigneuse qu'à son arrivée. Cependant, rien dans leur attitude avec moi ne laisse supposer qu'un instant plus tôt elles me firent subir les premiers et derniers outrages.

Les grognaces, c'est ça : un self-contrôle monstre, toujours... De l'aplomb ! De l'innocence, sitôt la faute commise... A croire que leurs entourloupes sont sans conséquences, qu'elles s'anéantissent en cessant. Chez la femelle, la faute n'existe qu'au stade du flagrant délit. L'interrompre c'est s'en absoudre. Ah, comme je les envie d'avoir une morale qui se régénère continuellement. Une conscience toujours neuve.

Ce que ça doit être confortable !

On bavarde. Je me raconte. Je suis journaliste. Je me livre à une grande enquête sur la Floride, ce paradis américain. Ça les comble, ces vaillants citoyens Huesses. Je trouve des mots vibrants pour célébrer Miami Beach, ses palaces, leurs piscines, leur luxe époustouflant, leur clientèle de choix. Des gens de classe ! Hier soir, à notre hôtel, un gros zig habillé d'une chemise de soie peinte et d'énormes chevalières mangeait un poulet à la crème avec ses doigts, le visage à quatre centimètres de son assiette, ne s'interrompant que pour roter ! Un industriel de la région, m'a confié le loufiat espago qui devait exécuter des véroniques pour servir ce délicat gourmet sans dérouiller d'éclaboussures.

Mon admiration débridée gagne le cœur des Black. On peut dire que je leur aurai tout investi, à ces braves gens. Mine de rien, je glisse au chapitre des milliardaires. Mon regret, professionnellement parlant, est de ne pouvoir décrire à mes lecteurs les fastes de ce territoire secret où les plus grosses fortunes des U.S.A. se dorent au soleil. J'eusse aimé le faire.

— Mais, hélas, soupiré-je, cet Eden est mieux gardé que la réserve d'or du pays.

Black rit malin.

— Par moi ! déclare-t-il orgueilleusement, car les esclaves sont toujours fiers de leur esclavage. C'est la volupté du chien de garde !

Je feins (admirablement) la surprise.

— Comment cela, par vous ?

— Je suis surveillant à la « Résidence ». Vous n'avez donc pas remarqué mon uniforme, tout à l'heure ?

— Je vous ai pris pour un policier, Vieux, excusez.

Dites, ça doit être passionnant de frayer avec les grands de ce monde.

— On s'y habitue, assure le bonhomme modestement.

— Si vous trouvez qu'un larbin « fraye » avec ses maîtres ! ricane bassement la vipérine Julia.

Son daron en est meurtri.

— Hé, fillette ! Doucement ! Je ne me considère pas comme un larbin, proteste le brave cornard.

— En effet, continue la pécore, tu serais plutôt le molosse de garde. Un larbin, on lui parle, un chien, on le siffle !

Elle me désigne son vénéré père d'un index outrageant :

— C't' un gros toutou, p'pa. Entre deux coups de pompe dans le cul on lui file une caresse et il tire la langue de contentement. Il bave de plaisir parce qu'un sale négrier bourré de fric l'appelle parfois par son prénom. Vous voulez que je vous dise ? J'ai honte ! Bon Dieu de bois, vivement les Soviets ! Les Chinois ! Les Cubains ! N'importe quoi ! Je voudrais voir flotter le drapeau rouge avec la faucille et le marteau sur cette chiasse de résidence !

Le pauvre fromage de Black prend le parti de rire.

— Ecoutez-la ! il minaude. Ah, les jeunes d'aujourd'hui, ce qu'ils peuvent être amusants avec leurs idées avancées !

— Pas avancées, hé, chnock ! glapit la péronnelle Pas avancées : réalistes ! Il comprendra jamais que le moment du grand coup de balai est arrivé ! C'est pas un homme, c'est une livrée, et une livrée ne pense pas : elle obéit ! Le jour qu'on va vous déguiser en civils, vous aurez chaud aux fesses, toi et ta clique de faux flics ! J'ai pas raison, Tony ?

— Vous avez raison dans la mesure où le jour en question ne tardera pas trop, ma gosse. Sinon ça risque d'être foutu pour une génération.

— Quelle idée ?

— Ben, réfléchissez, Julia... Si les jeunes vieillissent avant d'avoir agi, ils auront ensuite des réactions terribles contre la nouvelle fournée de jeunes contestataires puisqu'ils connaîtront le truc. Le socialisme est surtout une question d'âge.

Mais comme cette converse nous fait dévier de mon objectif, je m' hâte de revenir au sujet qui m'intéresse.

Je fais tant et si bien que ce gros sac finit par me dire en débouchant une nouvelle bouteille de bière :

— Ecoutez, Tony, vous êtes un chic garçon, français et tout, aussi je vais vous arranger une petite visite de la « Résidence », mais faudra pas que ça se sache.

Mon guignol décrit un triple saut périlleux dans ma cage à colombe.

— Vous êtes le copain rêvé, Vieux. Parole d'homme, jamais je n'irais balancer votre nom dans mon papier. Nous autres, journalistes, nous sommes encore plus discrets que les poulets quant à l'origine de nos tuyaux.

Je cligne de l'œil.

— En tout cas, vous n'obligerez pas un ingrat. Mon canard m'a voté épais comme ça de crédits pour cette enquête et si y a jamais eu de montre en or à votre poignet, j'en prévois une tellement lourdingue que vous n'aurez plus la force de mettre votre main devant la bouche quand vous bâillerez. Sans préjudice bien sûr d'une surprise pour ces mignonnes.

Pour le coup, j'obtiens un regain d'intérêt. Black passe de l'amabilité à la gentillesse éperdue.

— Voilà ce qu'on va faire, décide-t-il, demain après-midi, vous vous présentez à l'entrée du « Cygne Noir », au sud de la résidence. C'est là qu'est mon poste. Rappliquez à deux heures pile car à cet instant le chef est à table. J'agirai comme si vous étiez un invité muni d'un laissez-passer en règle et je vous escorterai. Je suppose que vous allez prendre des photos ?

— Ça se pourrait, confirmé-je.

Il fait la grimace.

— Faudra être très prudent, Tony. Car si on vous voit mitrailler les propriétés, je risque ma place.

— Ne craignez rien, j'ai un appareil spécial qui ne saurait éveiller l'attention. Il est monté sur ma voiture. Je l'actionne de l'intérieur.

— Formide ! Bon, ben ça me paraît être dans la poche.

A moi aussi !

CHAPITRE III

Il fait une chaleur de sauna lorsque je me pointe à l'entrée du « Cygne Noir » le lendemain. Les chromes de ma tire m'éblouissent, malgré mes lunettes noires. L'asphalte de la route bordée de lauriers est d'un rose praline engageant. Les chemins qui conduisent au confort, remarquez-le, sont toujours plus séduisants que les autres.

On sent qu'à suivre cette voie bien torchée on ne risque pas de débouler dans un univers de bidonvilles et de pylônes à haute tension. Y aura pas de gazomètres en chemin, pas de casernes écroulées, pas de palissades matelassées d'affiches électorales. C'est un toboggan de rêve. Du velours harmonieux, conçu pour le passage des Rolls et des Cadillac.

Une barrière blanche sur les montants de laquelle scintillent les pustules rouges de cataphotes en forme d'étoile, se dresse. Je stoppe. Un gros truc convexe apparaît par la porte du poste. C'est le début de la bedaine à Mister Black. Le reste suit. Dès qu'il est exposé dans la glorieuse lumière, le vigile se met à suer comme cent cierges lourdais. Il arbore cette mine rogue, cet œil en barreaux de soupirail, cette lenteur menaçante qui sont les caractéristiques de sa profession.

— Ce que c'est ? grommelle-t-il à la cantonade, histoire de donner le change à ses potes de l'intérieur.

Il se décide à m'adresser une œillade complice.

— Je me rends chez Neptuno Farragus, dis-je.

— Vous avez une convocation ?

— Voici !

Je lui tends un magazine danois dont la couverture représente une dame riche en tétons, en train d'interpréter un solo de clarinette baveuse sur l'engin d'un freluquet auquel la nature n'a pas ménagé ses largesses.

Le Gros se retient de pouffer. Ses gobilles enflent et proéminent si tellement fort que je redoute de les voir choir à l'intérieur de ma tire.

— Oh, je vois, dit-il. Bon, je vais vous accompagner.

Il contourne ma pompe et s'installe à la place passager.

Je déhote. Il prend pas le temps de me dire bonjour, le chéri. Faut voir comment qu'il saute sur la revue porno.

— Seigneur ! exclame-t-il, c'est pas possible ! Y a de quoi rêver ! Un truc pareil à ce petit crevard ! C'est injuste, non ?

— Ah, que voulez-vous, Vieux, ce ne sont pas les chênes qui produisent les citrouilles, objecté-je.

Il est fasciné, Black. Et c'est un peu ce que j'escomptais.

— Une matraque de cette envergure, ça doit pas être facile à placer, hé ? continue-t-il, cherchant hargneusement le revers d'une aussi belle médaille. Mince, vous imaginez la stupeur de la dame à qui on déballe ce morceau ? Elle doit appeler au secours, je présume.

— Pas sûr, Vieux, laissé-je tomber, les femmes n'ont pas que le cœur de grand ni que la conscience qui soit élastique.

Tout en devisant à propos de ces choses éminemment humaines, et tandis qu'il feuillette avec avidité la revue polissonne, je me dirige vers la demeure de Farragus. J'ai vachement étudié le topo sur l'une de mes vues aériennes, et je m'y rends sans coup férir, mon sens de l'orientation étant ce que vous savez. L'entrée de la propriété se trouve au fond d'une large impasse bordée de haies vives admirablement taillées. Je m'engage dans icelle et m'arrête devant un portail qu'on s'est appliqué à ne pas rendre rébarbatif en l'agrémentant de clous à grosse tronche et de pentures dorées, mais qu'on devine sculpté dans la masse.

Brack relève sa bouille cramoisie et regarde le portail. Puis il braque son regard vigileur sur moi. Son front fait des vagues.

— Ben, que faites-vous, Tony ? il s'inquiète.

Je lui virgule un sourire rassurant.

— Il est indispensable que je flashe de près l'une de ces merveilleuses demeures, Vieux. Soyez chouette, faites-moi ouvrir cette bon Dieu de porte un instant pour que je puisse tirer quelques photos. Vous trouverez bien un prétexte.

Il hésite, mais, conquis par ma grâce innocente, il hoche la tête et quitte la voiture pour aller sonner.

Je bats le rappel de mes facultés, ladies et gentlemen. C'est le moment de se mobiliser les nerfs et la gamberge, mes frères. Ce qui va se passer engage notre futur le plus immédiat, voire notre peau. M'est arrivé d'être intrépide, téméraire et tout ; de jouer les Bayard, les Robois des Bins, les Dard-Tagnan, les Tintin également à l'occasion. Mais plonger dans un bigntz pareil, non, franchement, c'est la première fois. La dernière aussi, peut-être ?

La paire de brunes qu'il faut au monsieur, je vous jure ! Je crève le cerceau de l'inconscience. Je plonge dans la folie. J'incohère !

A peine qu'il a actionné le timbre du parlophone, voilà mon bougre de Black qui radine brusquement vers moi, la tête dans les épaules, avec la bouille du sanglier réveillé en sursaut par une trompe de chasse.

— Dites donc, Tony, m'affronte-t-il d'un ton pas frais, comment ça se fait que vous sachiez où habite Neptuno Farragus ?

Vous vous rendez compte du topo, mes gamines ? Pile au moment où, là-bas, dans le causophone, une voix plus rêche que la langue d'une vache balance des « Qu'est-ce que c'est ? » impatientés !

Comme je prends un poil de temps avant de répondre, le Black suspicieux poursuit :

— Et comment que ça se fait, encore, que vous m'ayez dit être un invité de Farragus, hein, hein ?

A toi de jouer, mon San-A. File un coup de chiftir à ta bonne étoile, qu'elle rutile à bloc. Pas de panique, le contrôle du self, comme dit Béru.

Je me fends la cerise.

— Vous rigolez, Vieux, ou quoi ? je lui riposte.

Il égosille du regard.

Alors je rengracie :

— Vous n'avez donc pas lu le *Time is money magazine* de cette semaine ? Y a un reportage en couleurs de seize pages sur Farragus, où tout est dit à propos de sa crèche d'ici. C'est comme ça que j'ai eu l'idée. Mais courez répondre, le portier se turlupine.

Vaincu, ou plus exactement dominé, le vigile va parlementer.

— Ça y est ! fais-je à haute voix, on pénètre dans la citadelle.

Fectivement le portail s'écarte.

Je m'avance à une allure de corbillard. Quelques tours de roue et je pénètre sur une esplanade gravilleuse. Des plates-bandes fleuries zigzaguent de part et d'autre.

J'aperçois la grande terrasse dallée, là-bas, avec des parasols, des chaises longues. La personne que j'escompte y prend un *bath of sun* comme disent les Japonais) en maillot deux pièces (avec alcôve).

— A nous de jouer ! m'écrié-je en tirant sur un mince câble dont l'extrémité se trouve sous mon siège.

On a réglé le rodéo pire qu'à un tournage hollywoodien. M'man me répétait toujours, quand j'étais moufloque : « Une place pour chaque chose, et chaque chose à sa place. »

Dont acte.

En pareil cas, la réussite est question d'organisation. Le couvercle de la malle s'ouvre grâce à la traction de mon filin. Pinuche bondit du coffiot, une arquebuse en poigne. Il vaporise à tout berzingue en direction de Black et du portier de Farragus. Moi je déboule à fond de plancher jusqu'à la terrasse. Je stoppe dans une volée de gravillons. Maintenant c'est au tour de Béru de sortir du coffre. Lui aussi tient une pétoire spéciale dans ses gros doigts boudinesques. Il presse la détente. Un jet impétueux balaie la terrasse. La souris qui prenait son bain de soleil et le loufiat en veste blanche qui lui servait un gin-tonic perdent aussitôt connaissance.

Je saute de mon siège pour aller ramasser la nana. Je la soulève de son transat et la coltine dans la malle dont je rabats le couvercle.

A cet instant, une balle siffle à mon oreille (comme on dit dans les livres spécialisés). Un vilain gorille fringué d'un complet blanc à rayures noires vient de déboucher au pas de course.

« Psscht ! » Béru le fly-toxe presque à bout portant.

— De la route ! hurlé-je.

Sa Majesté s'enfourne à l'arrière du bahut. Je reprends ma place au volant et j'envoie vingt litres de super dans le carburo, d'un seul coup de semelle. La Buick se jette en avant. Je traverse une pelouse mieux ratissée qu'un tapis de billard et je ralentis à l'entrée pour cueillir Fleur-de-Pinuche, lequel faisait du stop au bord du Gros Black inanimé.

On ne parle pas. On n'a rien à se dire. Trois cœurs battent fort et à l'unisson. Vous nous cloqueriez une graine de chènevis dans le prosibe, on vous procurerait dix litres d'huile facile ! Cette fois on a plongé. On s'est mouillé jusqu'au trognon. Le pas est franchi. Nous : Béru, Pinuche, San-A., as de la police française (merci), venons de commettre un kidnapping. On vient d'enlever la fille du roi de l'aéronautique U.S. D'ici un peu moins de pas longtemps, tous les poulardins d'Amérique se lanceront à nos trousses. Une formidable chasse à courre, mes drôles !

Premier obstacle : repasser par le poste de contrôle. Si l'alerte est donnée avant que nous ne l'atteignions, on est certain de se respirer un premier barrage.

Je drive prompto, d'une main sûre. Virage à gauche, ligne droite sur deux cents mètres, route de droite, ligne droite... V'là le poste. Sa barrière est baissée, mais on ne voit personne. Je me paie de culot et file deux ou trois petits coups d'avertisseurs impatientés. Un grand zig à tronche de lézard sort de la guitoune réfrigérée. Il va remonter la barrière en pressant sur le contrepoids bien réglé (deux mouches qui se poseraient dessus en même temps suffiraient à la faire basculer). Pour sortir, y a pas de formalité. Ici, la suspicion s'exerce à sens unique.

Je remercie le lézard d'un hochement de tête et je bombe. La route suit le bras de mer sur plusieurs kilomètres. Mais bientôt j'oblique vers l'intérieur des terres. On a soigneusement exploré la contrée ces derniers jours, et je la connais mieux que le soutien-gorge de la petite voisine d'à-côté.

Bientôt on aborde la zone marécageuse que je vous ai signalée en début de ce remarquable ouvrage. Y a des étendues d'eau à demi croupie, couleur de rouille, avec des ajoncs desséchés, des arbrisseaux misérables, des carrières de je-ne-sais-quoi dont on a abandonné l'exploitation depuis lulure.

Plusieurs chemins de terre, aux ornières profondes, sinuent dans toutes les directions. Curieux comme la nature devient vite mesquine sitôt qu'on tourne le dos au « Paradis » des milliardaires. Paradis mes fesses ! Leur fameuse « Résidence », c'est juste un îlot bien léché, un jardin d'agrément conquis sur un sol aride.

La Buick cahote, bondit, arrache des mottes galeuses et tangue sur les mauvais chemins. Parfois, lorsqu'un de ses boudins se coince dans une ornière plus profonde que les autres, elle dérape et fait une embardée en direction des marais jaunasses.

Je me cramponne au volant.

Béru parle le premier. Il scrute l'horizon qui se constitue derrière nous et annonce :

— Rien pour l'instant ! On a du bol.

Je presse davantage le champignon. Je suis le mycologue de la grosse cylindrée, mes fieux ! Une frénésie me gagne. J'ai hâte d'aborder la seconde partie de l'entreprise. Je bouscule mes pistons, chahute mon parallélisme, fais fi de mes amortisseurs.

Vite ! Vite ! Vite !

On atteint enfin l'objectif : un cimetière de voitures abandonnées. Le lieu est désespérant. Un cimetière de bagnoles, déjà, c'est sinistre ; mais quand il est abandonné, alors, ça dépasse tout. Ça donne une certaine notion de l'enfer. Si ce dernier existe, je suis sûr qu'il doit ressembler à ça. Un amas de ferraille rouillée, un pêle-mêle tragique, un himalaya de choses qui rutilèrent et qui ont abdiqué. Des cadavres tordus, rouillés, écumés, rongés. Je freine et fonce à travers les monticules d'épaves. En miniature c'est une chaîne montagneuse. Des collines de fer et de caoutchouc pourri. Un charnier métallique (si je puis ainsi m'exprimer, et qui m'en empêcherait, je vous le demande ?).

Y a des vallées entre ces monts maudits, un labyrinthe... Je me repère au poil. Faut dire que j'avais pris soin de baliser le parcours en plaçant des petits branchages aux bons endroits.

Bientôt je déboule sur un terre-plein envahi par une nappe d'eau marron foncé. Y en a pas épais : une vingtaine de centimètres. La bagnole que j'ai amenée là depuis deux jours déjà nous attend. Il s'agit d'une dépanneuse composée d'une cabine et d'une plate-forme avec grue. Un petit fourgon des postes, au capot défoncé, est arrimé à la dépanneuse.

— Embarquez la souris, les gars ! enjoins-je.

Ce disant, je cueille une combinaison de mécano, vert pomme, sous ma banquette et m'en vêts en deux temps et très peu de mouvements. Je chope une casquette à longue visière dans la boîte à gants. Me v'là déguisé en garagiste ricain. Deux plaques de chewing-gum dans le clappoir et l'illuse sera totale.

Mes deux collaborateurs ont emporté la môme dans le fourgon postal. Eux-mêmes s'y engouffrent. Je relourde derrière eux.

— Surtout, frappe trois coups avant de délourder, prévient Béru, car autrement sinon, j'arrose le premier qui ouvrirait.

Me reste plus qu'à me jucher dans la cabine de la dépanneuse. Je branche la radio avant d'embrayer. On vit à une époque où il est bon de se tenir au courant de l'actualité, pas vrai ?

CHAPITRE IV

Je prends la route de Miami City dont on aperçoit les buildings blafards posés sur la ligne d'horizon. Une immense vapeur grise produite par leurs mille cheminées s'étire au-dessus de la ville comme un grand nuage vénéneux chargé de miasmes.

Le poste diffuse de la musique pop. Je vais en cahotant sur mon attelage. Ben Hur qui rapatrierait le char démantelé d'un collègue malheureux ! Je traverse une agglomération pouilleuse habitée par des noirs renfrognés. Personne ne m'accorde un regard, exceptés quelques marmots guenilleux qui me tirent la langue au passage.

Tout en pilotant la dépanneuse, je passe en revue les différentes phases de l'opération. Comme dans du beurre, les gars ! Je m'en faisais une montagne de cet enlèvement, et rarement mission ne fut plus aisée à exécuter. Il s'agit, à présent, de garder son nez propre. Naturellement notre signalement doit être diffusé à tout va. J'ai hâte d'atteindre la planque préparée à l'avance. Avec mon bolide et le chaudron accroché à sa queue, on ne peut guère enregistrer de performances. Seulement, à mon avis, notre lenteur est un gage de sécurité. Qui donc irait supposer que des kidnappeurs s'enfuiraient à une allure de tortue ?

Je chope le tube acoustique qui, discrètement, me relie au fourgon postal (vous le voyez, j'ai tout prévu).

— Alors, les artistes associés, j'interroge, ça se passe bien, oui ?

— Comme dans un four crématoire ! bougonne Béru. T'aurais pu nous fout' l'air acclimaté dans c'te caisse. On suife des chandelles grosses comme le bras !

— Chiale pas des kilos, Gros, tu faisais de la surcharge. Quand on regagnera nos foyers t'auras la ligne *play boy*. Et la demoiselle ?

— Elle joue « Ah ne m'éveille pas encore ». J'y ai octroyé la chouette reniflée, espère.

— Tant mieux. Quand elle reviendra à elle, grouillez-vous de la museler, une épave de fourgon postal qui appelle au secours, ça ne fait pas sérieux.

— Et de ton côté, pas d'accroc ? bêle la Vieillasse.

— R.A.S., j'ai idée que les gus de chez Farragus (tiens, la rime est riche) ont traversé une longue période d'indécision.

Je coupe le contact. A présent je déambule dans la banlieue, par des avenues mal pavées et torrides. Des gens de couleur sont assis sur le seuil des maisons lépreuses. Tout est calme, tout flotte dans cette louche torpeur d'un après-midi brûlant. La radio continue de mouliner sa zizique débridée. Exceptés les poulardins des carrefours, la police est absente.

Pourtant ça devrait remuer. Voilà près de quarante minutes qu'on a embarqué miss Farragus.

Généralement, aux U.S.A., lorsqu'un téméraire sucre une riche héritière, le patacaisse est instantané. Je gamberge à la chose et j'en arrive à la conclusion suivante : nous avons dû opérer notre coup de main alors que les effectifs de la maisonnée étaient réduits au minimum. Si ça se trouve, il n'y avait que ces trois bonshommes à la « Résidence » au moment du rodéo ? Et peut-être nos victimes sont-elles toujours dans le sirop ? Quand le « vase » se met de la partie, tout marche admirablement, avec une veine insolente. C'est aussi tenace que la cerise, la chance, mes amis. Elle est obstinée, inventive. Lorsque le destin coopère, vous pouvez lui laisser la bride sur le cou : il vous mènera à bon port.

Je contourne la ville cahin-caha. Dès qu'on s'éloigne de la mer, la chaleur devient infernale. Ils vont périr de déshydratation, les occupants du fourgon postal. Je mâchouille mon chewing-gum avec frénésie. Rien qui donne l'air plus intelligent à un individu que de mastiquer cette ignominie. Prenez n'importe quel brillant intellectuel, cloquez-lui une tablette de caoutchouc dans le museau et aussi sec il ressemblera à un ruminant dégénéré !

Pas la peine de faire des frais quand vous voulez vous déguiser en crétin, les gars. Inutile de vous forcer à loucher, de vous distordre la mâchoire, de vous fourrer des boulettes de mie dans les trous de nez ou de vous martyriser la bouille en grimaces oiseuses. Une tablette de gum et le tour (de con) est joué, je garantis !

C't' inventerie-là, seuls les Ricains pouvaient l'assumer. Fallait un cerveau yankee, absolument, pour concevoir un truc pareil. Ils ont le génie de l'inutilité, ces mecs. Car enfin, pour inventer quèque chose qui ne sert à rien, faut des dons particuliers, non ? Je sais, y a des esportifs qui prétendront que ça décontracte de mastiquer à vide. Décontracte mes fesses, tiens donc ! Ça ne décontracte que ceux qui sont décontractés. Moi, ça m'horripile la prostate. J'enrage de boulotter pour de rire un truc pas consommable. Alors, m'objecterez-vous, pourquoi t'es-tu filé un chlorophyllicateur dans la pipe si t'as horreur, eh, pomme à l'eau ? Eh bien, pour l'excellente raison, mes infects gueux, qu'en cas d'interpellation, d'avoir la bouche pleine et remuante me permettrait de répondre par monosyllabes et de planquer mon accent français, you see ?

Eh puis merde, je suis trop bon de vous donner ces explications, j'ai pas de compte à vous rendre, si ? Mais enfin, mais enfin ! C'est de l'inquisition, ma parole ! Où qu'on va s'y faut se justifier le comportement à chaque instant !

Je roule encore une plombe sans que le poste ait encore mentionné notre petite « affaire ». Pour le coup, ça commence à me troubler. La police aurait-elle décidé de pas moufter et d'entreprendre la chasse à l'homme sans mettre l'Information dans le circuit ?

Si je vous disais : j'en arrive presque à regretter de ne pas tomber sur un barrage.

Mon regret est de brève durée. Juste comme on approche d'un pont, j'avise quelques flicards de la routière en travers de la route. Quelles motos ! Vous materiez les engins de ces messieurs, mes petits potes, vous en rêveriez la nuit ! Des bolides fantastiques, avec des phares, des clignotants, des sirènes, des plaques, du cuir un peu partout. Monstrueusement beau comme mécanique. Le coursier moderne ! Le palefroi des temps nucléaires ! Et les cavaliers, donc ! Avec leurs lunettes de soleil carrées, à monture d'or ; leurs terrifiantes casquettes plates de l'arrière mais hautes du fronton ; leurs futals de cuir noir ; leurs ceinturons guerriers où tintinnabulent des armes et des sifflets, des matraques et des étuis de cartes routières : des héros !

Ils sont quatre, piqués au mitan de la chaussée, juste à l'entrée du bridge. Ils font signe de ralentir, mais ne stoppent pas le trafic.

Je choque le tubophone et lance à mes scouts :

— Ne bronchez pas, les gars, y a un congrès de matuches sur la route !

Là-dessus, je me défenestre à demi comme un brave type curieux qui a sa conscience pour soi.

Et de mâcher le chewing-gum, mes petites fleurs ! Miam miam ! Que ça fasse en plein couleur locale ! Que j'aie l'air d'un vrai camionneur amerloque, tonnerre de foutre ! A m'en démanteler le tiroir, je gloutonne leur saloperie ! Ça crisse comme un préservatif mal lubrifié ! Criiischttt !

— Que se passe-t-il ? je lance à l'un des flics, lequel me fait un geste énergique pour m'intimer de rouler au pas.

— Un camion a défoncé le garde-fou, traversez lentement !

Mince, c'est tout ?

Les poils de ma poitrine se défrisent. Un banal accident de circulation. Et la fifille à Neptuno Farragus, alors ?

Personne ne s'en préoccupe donc ?

Je traverse tout doucettement le pont. Vous parlez d'un valdingue qu'il s'est payé, le bahut ! Y a une brèche de dix mètres dans le parapet. On aperçoit le gros véhicule, tout ravagé, en bas, dans l'eau jaune de je ne sais quelle rivière.

Une fois le pont passé, j'appuie un peu plus sur le champignon. On a encore une bonne heure de route. D'ici qu'on parvienne à destination, notre balade d'agrément peut tourner au vinaigre. Faut pas roupiller sur d'illusoires lauriers, les amis, never ! La victoire appartient à celui qui sait rester sur le qui-vive !

*
* *

La radio virgule son bulletin d'informes, juste comme nous atteignons notre base. Je stoppe à l'ombre d'un couple de saules pleurnicheurs gigantesques et, avant de m'occuper des passagers du fourgon meurtri, j'écoute le speaker. Il a la voix enjouée pour raconter comme quoi le président Nixon a reçu le

Tout-Hollywood à la Casa Bianca. C'est le papotage routinier sur le dollar qui branle au bout de sa branche, les Israéliens et les Egyptiens qui se paient du peigné-pur-laine, et encore des trucs susceptibles d'assurer le bœuf des journaux.

De « l'AFFAIRE Farragus » pas une broque.

Du coup ça devient franchement inquiétant. Je déteste la manière dont se présente l'enfant. Comprenant qu'on ne parlera pas de la jeune fille du fourgon, vu qu'ils en sont déjà à Cassius Clay, je coupe la sauce et je vais délourder mes compères.

Une flaque de sueur commence à sourdre du véhicule incliné. Puis une grosse loque pantelante sort en titubant. Le Gravos est à ce point d'apoplexie où le rubicond, à force d'intensité, finit par rejoindre la pâleur. Car toujours, dans la vie, les extrêmes se touchent. Les policiers se font parfois gangsters et les gangsters donneurs d'honneur ; les curés trop tourmentés par la charité chrétienne virent au communisme, et les putes finissent par présider des comptoirs de patronage. Un cycle ! Rond est le monde, et tout ce qui s'ensuit...

Sa Majesté ruisselle comme un rat noyé.

Il soulève avec effort un regard d'une tonne sur ma personne et bredouille :

— Ah, salaud, t'aurais pu planquer quelques litrons dans ton cercueil à roulettes. Dix bornes de plus et on crevait. D'ailleurs j' sais pas si César existe encore !

Je passe la tête à l'intérieur de la voiture. La Vieillasse semble avoir eu un malaise. Elle est toute verdâtre, cette bonne fripe. Avec des traits creusés à la gorge et des yeux pareils à de la bave d'escargot. Quant à la fille, elle dort toujours. Du moins veux-je croire que c'est du sommeil. J'extrais mes deux passagers clandestins de leur carcasse de fourgon pour les étaler à l'ombre des saules.

— On va les asperger de flotte, décidé-je.

Je tends ma gâpette de toile imperméabilisée au Mastar.

— Va puiser de la baille dans le lac, Alexandre-Benoît.

Il ronchonne :

— Et faut que ça soye moi que je fasse le ménage à l'arrivée. Tu crois pas que tu forces un peu trop à l'endroit de la soudure, Mec ?

— Je suis la tête et toi les pieds, riposté-je, magne-toi !

Il hausse les épaules et s'approche de l'eau inerte au grand soleil. Le lac est immense, bordé de joncs desséchés. Sans vie. De rares arbres font des taches d'ombre sur la rive désolée.

— C'est quoi, ce lac ? s'inquiète Béru.

— Le lac Okeechoobee, Monseigneur.

Le Dodu hoche ce qui lui sert de tronche.

— Jamais entendu causer, pourtant il fait grand dans son genre, non ?

— Quatre fois le Léman environ.

Mon ami a une goulée d'aigreur.

— Compare pas, je te prie, c't' espèce d'égout dégueulasse av'c le lac de Genève dont tout autour on trouve du vin blanc frais et des filets de perche.

Un lac comme çui-ci, si tu souhaiterais savoir mon avis, j'en voudrais même pas pour alimenter ma chasse d'eau. T'as maté la couleur de la tisane ? Un vrai jus de merde, mon pote ! Et c'est de c'te flotte pourrie que tu veux les ablutionner, nos petits amis ! Ils vont droit à la typhoïde, les malheureux !

Nonobstant cet avis autorisé, je fais couler l'eau sur la bouille de Pinuche et sur le minois de Pearl Farragus. Au bout d'un instant, le père la Breloque bat des cils et émet un soupir prometteur. Quant à la fille en maillot, elle continue d'en écraser. Sa respiration étant régulière, je cesse de m'inquiéter à son sujet et je vais fouiller dans le plantureux coffre à outils de ma dépanneuse. J'en extrais un fort talkie-walkie dont je développe l'antenne. Après quoi j'appuie sur le contacteur.

— Ici Pélican rouge ! Ici Pélican rouge ! articulé-je devant la grille de l'émetteur.

Puis je relâche le bitougnot. Une voix caverneuse fait écho à la mienne.

— Ici Pélican jaune, je vous reçois cinq sur cinq.

— Vous pouvez intervenir, nous sommes parés.

— Affirmatif, je me présenterai dans une dizaine de minutes, ralliez le point O. Pas d'accrocs ?

— Pas le moindre.

On cesse d'émettre.

— Viens m'aider, la Gonfle ! enjoins-je au Mastar.

Je gagne les joncs couleur de paille. Une barcasse à fond plat gît parmi les roseaux.

— On va la pousser à l'eau, Gros. Ensuite tu amèneras la gonzesse.

— Qu'est-ce c'est le point O ? s'informe Grasdube, impressionné par la technicité de l'opération.

— En réalité, il s'agit plus exactement du point « eau ». On va à la pêche.

La barque glisse sur les roseaux craquants. Il suffit de pousser légèrement et de guider. Sa mise au bouillon est une rigolade. Un instant plus tard, Pearl est étendue dans le fond de l'embarcation et Pinaud, assis à l'avant, laisse traîner ses bras malingres dans l'eau brune pour achever de se requinquer.

— Œuf corse, c'est moi que je rame ? ricane Bérurier.

— Tu sais que tu as des dons divinatoires, Gars ? Y a des moments je me demande pourquoi tu n'ouvrirais pas un cabinet de voyante extralucide.

Il rame.

Droit sur le large.

J'espère ardemment qu'aucun poulardin n'interviendra pendant les quelques minutes qui vont suivre, car nous nous trouvons impitoyablement exposés.

Sa Majesté me considère sournoisement en tirant sur ses bouts de bois.

— Tu sais que t'as vachement organisé ce circus ? m'hommage-t-il d'un ton pénétré. T'es ce que t'es, San-A., mais quand tu mets au point un pique-nique à grand spectac' t'oublies ni l'ouvre-boîtes ni le sel pour les œufs durs.

Il fait la moue et ajoute :

— Simplement, tu tiens pas compte de la soif à tes aminches.

Ses mécaniques puissantes, à chacun de leur mouvement, nous propulsent de dix mètres sur le lac immobile. Pas un souffle de vent. Pas un chant d'oiseau. Y a que ce bon Dieu de soleil, et puis l'âcre odeur de l'eau fétide qui pue la mort végétale.

— Ça s'est rudement bien passé, hé ? reprend l'Intarissable au bout d'un instant.

— Trop bien, glaviote Pinaud.

Ses premières paroles.

— Ça cache quelque chose, assure Baderne-baderne.

— C'est aussi mon avis, souligné-je. On dirait que cet enlèvement *n'a pas eu lieu.*

On se tait, because un ronron de moteur qui naît dans le ciel immobile et se fait de plus en plus présent. Bientôt on voit poindre dans l'éblouissement de la lumière une tache jaune.

— V'là ton autobus, Mec ! clame Pépère. Tiens, c'est le 81 : *Gare du Luxembourg, Porte de Saint-Ouen !* Vivement la grande décarade, vous commencez à me filer le traczir avec vos pronostics de mauvaise inauguration. J'ai horreur qu'on pressentimente dans les tons sombres, ça porte la pistouille.

Il lâche une rame pour nous montrer la paume de sa main où se dilate une wonder grosse commak.

— Notez bien que je touche du bois pour conjurer le mauvais essor, rigole cet optimiste chevronné.

La fin de sa phrase se perd dans le vrombissement de l'hydravion en train d'aborder son plan d'eau.

Les flotteurs soulèvent une montagne de flotte. Le lac dérangé dans son inertie se met à ronchonner et notre barque tangue bougrement. L'appareil jaune décrit un arc de cercle et revient sur nous à petite allure. Ses deux hélices déclenchent une tornade jaune sur l'Okeechoobee. Faut se cramponner.

C'est le moment que choisit miss Farragus pour se réveiller. Ça débute par une série d'éternuements. Enfin elle ouvre les yeux et contemple longuement le ciel chauffé à blanc. Puis son regard limpide se pose sur nous. Elle nous défrime tous alternativement, posément, comme quelqu'un cherchant à se rappeler dans quelles circonstances il a rencontré des compagnons de voyage. Bien entendu elle ne trouve pas, alors son expression tendue se relâche et la ravissante môme nous sourit.

Vous avez bien lu ? Elle nous sourit ! Une gonzesse qu'on vient de kidnapper à la force du flingue hypnotique et qu'on s'apprête à embarquer à bord d'un hydravion. Y a de quoi se l'extraire et s'en faire un abat-jour, non ?

*
* *

Faut attendre un chouïe avant d'opérer le transbordement. Mais sur un lac, la flotte redevient vite sage. Au bout de deux minutes, v'là le zinc à peu près immobile. On l'approche à la rame. La porte de la carlingue s'ouvre et le pilote nous virgule une échelle de corde. Pas très longue, du reste car on n'a besoin que d'une demi-douzaine d'échelons pour gagner le bord. Pinuche escalade le premier. Après quoi c'est au tour de Gros Derche. On aide la fille qui ne regimbe pas, et je ferme la marche non sans avoir filé un coup de tatane dans l'embarcation afin de l'éloigner des flotteurs.

— Tout est O. K., non ? demande le pilote, un grand garçon maigre aux cheveux taillés en brosse.

Il porte une combinaison kaki. Il a le nez cassé et les portugaises en chou-fleur, stigmates éloquents d'une période boxeuse.

C'est le style mercenaire, Walton. Le type même de l'homme à vendre pour qui accepte d'y mettre le prix. Il figurait, parmi beaucoup d'autres, sur la liste fournie par le Vieux, au rayon : « hommes de main ». Il n'est pas au courant de ce qui se passe. Tout ce qu'il sait, c'est qu'on a la flicaille au panier et qu'il doit nous débarquer clandestinement aux Bahamas. Coût de l'opération : vingt mille dollars. Ça met chérot la croisière, d'autant qu'il n'y a pas cent miles de la Floride à l'archipel britannique, mais, comme le dit je ne sais plus quelle chanson intellectuelle engagée : « la santé ça n'a pas de prix ».

On s'installe dans le coucou. Il pue l'essence et le vieux cuir, l'huile rance, la ferraille. C'est pas de l'aéronef surchoix, croyez-le. Néanmoins, l'essentiel est qu'il nous emporte loin de cette pépinière à fédés.

— Vous avez attaché vos ceintures, les gars ? demande Walton.

Lui aussi bouffe du chewing-gum. Professionnellement en quelque sorte. Ça me fait penser que je peux cracher le mien à présent. Je l'extrais de ma bouche et je le colle sous mon siège, parmi la myriade d'autres boules de gum mastiquées qui s'y trouvent déjà.

Pearl Farragus est assise près de moi. Elle a agrafé sa sangle de toile avant tout le monde, d'un geste automatique. Elle ne parle pas, se contentant de me mater à la dérobée de temps à autre. Voilà une kidnappée de bonne composition, vous l'admettrez !

Les deux moteurs s'emballent. On se met à glisser sur le lac Okeechoobee. L'eau s'élève comme pour une trombe et noie nos hublots. On a l'impression qu'au lieu de décoller, l'hydravion va s'engloutir dans la flotte. Il paraît piquer du pif. Et puis non, il s'arrache mollement et décrit un large viron au-dessus de l'immensité brunâtre. J'ai tout à coup une vue panoramique du paysage. Je découvre une grande partie du lac qui mijote dans sa ceinture de roseaux blonds. Ses rives sont croûteuses. Au loin on aperçoit des gisements de phosphates en exploitation. Sur les routes blanches, des camions processionnent. Nulle part je ne découvre d'effervescence flicardière. La Floride fonctionne gentiment, en se moquant éperdument du rapt de la fille Farragus.

A peine avons-nous atteint notre altitude de croisière que Béru se déficelle pour aller parlementer avec notre pilote.

Je l'entends hurler, manière de dominer le boucan des moulins :

— Escusez-me, if je vous demande pardon, Mec ; but auriez-vous un drink fort me, please ? I have the meule plus sèche que le dargeot de Jeanne d'Arc quand elle est passée au grille-rome.

Eloquence du geste accompagnateur !

Walton sort un flacon de bourbon de sa combinaison et le présente au Gros. Béru en larmoie d'attendrissement.

— Saint-Cloud véry moche, Mec ! balbutie le cher homme. Between nous deux, maintenant, it is à la life à la dead. Si one day vous auriez besoin de something, askez-le-moi sans hésiter, je le ferai de good heart.

Là-dessus, il dévisse la capsule de la boutanche plate et en trois coups de glotte écluse le contenu d'icelle.

— Paré, annonce-t-il alors à la cantonade, après s'être fait claquer la menteuse comme un cow-boy de cirque fait claquer son fouet avant de déchiqueter la cigarette placée entre les lèvres de sa partenaire. Je sens que je récupère mon teint de jeune fille.

Je lui colle un regard méprisant. Ma compagne paraît s'amuser du personnage. On hydravionne paisiblement dans un ciel sans tache. Bientôt nous survolons la mer qu'on voit danser dans le golfe du Mexique. Joli travail, somme toute. On ne va pas se plaindre que la fille à marier est trop belle, hein ?

***

L'appareil perd de l'altitude rapidement. Je mate par le hublot et j'avise une île toute en longueur, droit devant nous. Mais ça n'est pas vers la terre que nous nous dirigeons. Walton oblique à l'ouest en continuant de descendre. A force de fixer le miroitement de l'eau, je finis par repérer une embarcation entre deux vagues. Il s'agit d'un rafiot ventru, destiné à la pêche probablement. Il se laisse chahuter par la houle comme un gros poisson crevé.

Notre pilote décrit un large tour au-dessus du barlu. Sans doute doit-on nous guetter depuis l'embarcation car je vois un type agiter un drapeau blanc sur le pont. Walton descend au ras du flot et se pose durement sur les vagues pourtant modestes. Même par une mer d'huile, ça secoue le paletot, un amerrissage au large. On dirait que le coucou va se disloquer. On est bouté de droite à gauche, ballotté comme une biroute dans la bourrasque. Ça chahute si mochement que le père Pinaud réclame toute affaire cessante la salle de bains. Comme il n'y en a pas, le brave embryon adopte le dispositif d'urgence et s'abandonne au mal de mer sur les genoux de Béru qui se met à le traiter de vieux furoncle. Charmante arrivée, hé ?

— Débarquez, les gars ! nous ordonne Walton.

En ce qui le concerne, sa mission est achevée et il a hâte de nous voir déguerpir. Avant toute chose il me tend la main, non pour un shake hand, mais pour palper des espèces. Je lui remets une liasse verdâtre qu'il compte posément, ensuite de quoi il ouvre la porte de la carlingue.

— Passez les gilets que voici, et sautez au jus, les gars ! Le copain du bateau vous repêchera. D'ailleurs, vous le voyez, il a déjà préparé des bouées et des cordes. Allons, pressons, je n'ai pas envie de me faire repérer.

Les mercenaires payés, c'est comme les radeuses ayant épongé leur micheton : ça n'a plus de temps à perdre.

***

J' sais pas si vous avez déjà vu le bon Dieu dessiné par Jean Effel ? Il est chauve avec une grande barbe blanche déployée en éventail. Il a un gros pif et de grands yeux clairs à la fois candides et malicieux. Eh bien, le zig qui nous hale à bord de son contre-torpilleur à harengs ressemble pile à ce personnage du délicieux humoriste. C'est grand-papa bon Dieu en chair et en os, ridé, tanné, boucané, mais radieux. Toute sa physionomie rigole. Il est hilare en permanence. C'est un masque. Il doit vadrouiller autour de ses soixante-quinze ans, mais il a conservé une force de jeune taureau. Faut voir la manière qu'il nous arrache de la flotte. D'une seule main. Ainsi le maçon pêche-t-il sa bouteille qu'il a mise à rafraîchir dans la fontaine. Vzzoum ! Par ici la bonne soupe ! A peine s'il s'arc-boute un peu pour tirer Béru.

En pas trois minutes nous sommes à son bord. Il rassemble ses bouées, détache les cordes.

— Je vois que la petite demoiselle avait pris ses précautions ! jubile-t-il en désignant Pearl, sublime dans son maillot orangé.

Il a parlé français, avec une espèce d'accent bourguignon un peu guttural.

— Mince, exclame le Gros, vous seriez pas compatriote du même pays, par hasard, pépère ?

— Je suis de Québec ! déclare le vieillard.

— C't' en Vendée si jeune ma buse, émet Bérurier, entre La Roche-sur-Foron et Tulle si mes souvenirs seraient exaguetes ?

Le pêcheur part d'un éclat de rire qui se répercute sur la mer jusqu'aux côtes mexicaines.

— Il est marrant, ce gros bougre, fait-il en claquant les endosses de notre camarade. Je sens qu'on va s'entendre, j'adore les gens optimistes : ils sont plus près de Dieu que les autres.

Il nous tend une main puissante, aux doigts larges et brefs.

— Je suis le père Léveillé, déclare-t-il. Oblat.

On mate avec stupeur son short délavé, son maillot dépenaillé, son mégot de cigare. On éberlue à bloc, les amis. Où sommes-nous tombés ? Y a maldonne ! Ça veut dire quoi, ce t'ecclésiastique-marin en haillons ? Qu'est-ce qu'il vient fiche dans notre affaire de kidnappinge, le saint tome ? M'est idée que le camarade Walton s'est payé notre poire. « Un homme de toute confiance, m'avait-il promis. Capable de vous planquer le temps nécessaire. »

Le père Léveillé réalise et admet notre surprise car il murmure avec un sourire bon enfant :

— Vous voyez bien que l'habit ne fait pas le moine. Faut dire que moine, je le suis davantage d'instinct que de vocation. On m'a trouvé trop turbulent chez mes supérieurs. A la fin je leur ai dit bonsoir et je suis venu m'installer à Bimini. J'ai réparé une masure et une barque abandonnée et je vis le plus près possible du Seigneur. Le salut par la solitude. Une prière gueulée en pleine mer, c'est plus tonifiant qu'une prière chuchotée dans les relents d'encens d'une chapelle. Dieu en a marre de toujours devoir tendre l'oreille. Faut lui parler comme à un homme, que diantre.

Il lève la tête vers les nues et les interpelle :

— Pas vrai, Seigneur ? beugle le vieillard. Ils Te prient de la même voix qu'ils prennent pour raconter leurs cochonneries, ces sagouins. Ce ne sont pas des interlocuteurs mais des chuchoteurs d'oraisons.

— Comment se fait-il que vous soyez l'ami de Walton ? questionné-je.

Il cesse de sourire et change son mégot de côté.

— La guerre de Corée ! me dit-il. Qu'est-ce que j'étais allé foutre mon grain de sel là-bas, me demanderez-vous ? Impossible de vous donner une réponse valable. Je suis un impulsif. Disons que j'ai voulu faire du zèle. M'épater tout simplement. On a toujours l'orgueil qui vous démange. Mal m'en a pris. J'ai failli rester sur le carreau. Sans Walton... En v'là un qui n'a pas froid aux yeux. Pour me sauver la vie, il a ramassé quatre balles dans la viande, ce grand follingue. Mais il m'a sauvé, la preuve ! Vous comprendrez qu'après ça je me sente son débiteur.

« Je ne sais pas ce qu'il manigance à présent, et je ne veux pas le savoir. De temps à autre il me parachute des gens qui paraissent en butte à des tracasseries. Je les héberge quelque temps. Je ne leur demande rien ; ni explications ni argent. Je vous dis ça pour votre gouverne : pas de confidences, pas de fric. Je ne réclame que de la bonne humeur. C'est une denrée si rare. Rire et prier constituent les deux mamelles de ma vie. D'ailleurs ce sont deux actions complémentaires.

Tout en parlant, le père Léveillé est parvenu à remettre le teuf-teuf épuisé de son barlu en marche. Ça pétouille lamentablement. On se croirait transporté à l'âge d'or du moteur à explosion. Dans un vieux seau de plastique, quelques poissecailles argentés convulsent en paumant leurs écailles.

— J'ai pêché ça en vous attendant, nous dit le bonhomme. On les fera au feu de bois.

Il tient d'une main ferme le gouvernail vermoulu de son rafiot et pique droit sur l'île que nous avons brièvement aperçue avant d'amerrir.

— Va falloir vous planquer sous cette bâche, déclare-t-il. Les douaniers sont des gens de couleur, et ils sont peu nombreux, mais ils sont anglais.

Là-dessus, le v'là qui entonne un cantique par lequel il affirme sa foi en la religion catholique et déclare à Dieu qu'il Lui fait confiance pour ce qui est d'assurer son futur.

In petto je me joins à lui.

CHAPITRE V

Le moteur du barlu pétarade au ralenti. Le père Léveillé rabat alors la bâche qui nous dissimule et déclare.

— Terminus !

Allongé contre la môme Farragus, je me laisse aller à de savoureuses béatitudes. Chose surprenante, je n'ai pas l'impression d'avoir kidnappé cette jouvencelle. Elle coopère si aimablement à son rapt, elle est si docile, si discrète qu'il me semble avoir plutôt affaire à une complice qu'à ma « victime ».

Le vieux Canadien nous désigne le rivage proche.

— Il faut que j'aille m'amarrer au port, de l'autre côté de l'île, car cette plage n'est pas abordable. J'habite la petite maison blanche, droit devant vous, derrière le boqueteau de bananiers. Installez-vous en m'attendant.

Il nous aide à enjamber son bord et repart en vaporisant une âcre fumée huileuse.

La plage de Bimini est belle et angoissante. Belle parce que composée d'un sable fin et doré qui scintille à perte de vue, loin dans la mer verte ;

angoissante parce qu'elle est rigoureusement vide. D'énormes coquillages la constellent. De ces testacés tarabiscotés qui semblent sortis d'une toile de Dali et qu'on vous vend une fortune quai de la Mégisserie.

— Je vas en rapporter une à ma bergère, déclare le Gros en emparant une coquille grosse comme sa tronche. J'y ferai écouter le bruit de la mer, à la place de son transiteur dont les conseils de la mère Soleil finissent par m'émietter les valseuses.

Lui-même file la carapace à volutes de nacre contre son tiroir à sornettes. Illico il pousse un hurlement. La coquille hébergeait un bernard-l'ermite de forte taille qui, se trouvant soudain en présence d'un nouveau coquillage, a décidé d'y porter ses pénates.

Le bruit de la mer excepté (et accepté) le silence de la petite île est entier, féroce. Le dernier rivage, mes frères ! Une alignée de cocotiers immobiles parcourt Bimini de bout en bout. Ce côté-ci du littoral paraît abandonné. La cahute du père Léveillé est la seule trace humaine qu'on trouve dans ce coin perdu. Nous nous y rendons en pataugeant dans l'eau couleur d'émeraude.

Il a fait ce qu'il a pu pour la rebecqueter, la masure, le bien cher Père. Pourtant elle ne parvient pas à rivaliser avec les établissements Sofitel. Il a réparé les murs de brique écroulés avec des planches déjà pourries, et le toit au moyen de tôles rouillées. La porte ne tient à la verticale que par son loquet, car elle est sortie de ses gonds depuis longtemps. Il ne reste plus qu'une vitre à une fenêtre. Les autres carreaux ont été remplacés par des rectangles de mica opaques qui maintiennent l'intérieur de la demeure dans une lumière trouble.

Deux pièces, assez vastes : une salle de séjour et un dortoir.

Ce dernier comporte une dizaine de lits de camp séparés l'un des autres par de la toile de sac coulissant sur un fil de fer. Des clous fixés dans les murs pour servir de portemanteaux composent le reste de l'ameublement.

La salle de séjour est beaucoup mieux équipée puisqu'elle dispose d'un vieux fourneau, d'une table flanquée de deux grands bancs, d'un placard sans portes, d'un crucifix d'un mètre de long sur un mètre cinquante d'envergure et, tenez-vous bien (et ne vous laissez pas tomber, ce serait dommage car vous êtes déjà suffisamment abîmé comme ça), d'un appareil téléphonique. A tout hasard je décroche. La tonalité me confirme que le turlu est en état de marche, ce qui ne laisse pas de me combler d'allégresse.

Lorsque nous déboulons dans la demeure de les clés s'y astiquent (1) une vieille dame noire qui ressemble à ce que nos salauds de pères appelaient une négresse est en train de confectionner un frichti bizarre tout en fumant la pipe. Cette digne personne porte une longue robe imprimée, dans les teintes lit devin, avec, pour l'agrémenter, un petit transistor en guise de médaillon. L'appareil est fiché entre ses

(1) Celle-là je l'ai lue, y a vingt-deux ans, dans un almanach de province.

mamelles traînantes, ce qui feutre considérablement la diffusion. Pourtant, un spiqueur (1) à la voix bien timbrée (mais sans surtaxe) parvient à nous communiquer les prévisions météorologiques qui ne me font, si vous acceptez de me passer l'expression (en même temps que la salière, merci) ni chaud, ni froid.

— Chère maâme, gazouille Béru en fonçant sur le brouet de la vieille harde, que préparez-vous nous là ? Ça sent un tantinet la merde, mais c'est appétissant nez en moins !

La fumeuse de pipe lui décoche un sourire niais purement gingival car il y a plusieurs centuries qu'elle a largué son dernier chicot dans le gras de la cuisse d'une banane.

— Oh, je vois, c'te petite mère cause que bougnoule, note l'Infâme. Ça n'a au trou ducune importance, vu que je m'esprime aussi volontiers que couramment dans c'te langue. Y en a quoi donc miam-miam, ça ? traduit-il aussitôt.

Et de désigner le plat où des morceaux de je ne sais quoi baignent dans du machin que j'ignore.

— Stew ! déclare la vieille personne.

— Mande pardon ?

— Du ragoût, traduis-je.

L'Enflure trempe son doigt dans le plat et se pourlèche la phalangette.

— Pas ragoûtant, le ragoût, déclare-t-il. La dégustation confirme la reniflance. Pour en être ç'en est,

(1) J'aime mieux l'écrire en français.

mais elle est pas seule ; et je m'intrigue à savoir ce dont qui l'accompagne.

On se laisse aller sur les bancs. Ils vermoulent et geignent sous le dargif béruréen. Je bigle ma montre (étanche). Elle annonce six heures. Je tends l'oreille pour capter l'émission accrochée au cou de la cuisimerde du père Léveillé. Le journalparleur ne dit pas une broquette de l'affaire. Alors là, mes gueux, on vadrouille en plein cibroque. Je doute de tout. De moi, de vous (ce qui est la prudence même) de mes sens, de l'identité de Pearl Farragus. Un tourment affreux me turlupafe. Et s'il y avait eu gourement, dites, mes jolies chaglates ? Supposons que je me soye trompé de fille ? Imaginons que j'aie kidnappé la femme de chambre ? La demoiselle de compagnie ? La petite amie du maître d'hôtel venue se prélasser à la « Résidence » en l'absence des patrons ? Je frémis à cette perspective. Certes j'ai longuement examiné des photographies de miss Farragus, mais rien ne ressemble plus à la photo d'une fille blonde de vingt ans aux yeux bleus, qu'une fille blonde de vingt ans aux yeux bleus.

— Pearl ! lâché-je brusquement.

La môme se retourne.

Ouf ! C'est bon signe.

— Car vous êtes Pearl Farragus, n'est-ce pas ?

Elle me décerne son adorable sourire.

— Naturellement, j'espère que vous n'en doutez pas ?

Et votre cher San-Antonio, sur un ton très nouilles-aux-œufs-frais, de murmurer :

— Vous savez que... heu... je viens de vous kidnapper ?

Un peu moudu, le gars, non ? Le côté croûte au fromage. Ça me rappelle un de mes potes qui s'était embroqué une grosse tourte à la suite d'un bal de quartier. Elle l'avait suivi docilement à l'hôtel et s'était décarpillée sans objecter. Mon copain s'escrimait sur ce trésor sans parvenir à seulement mobiliser l'attention de la fille. Au bout d'une plombe qu'il lui démantelait la moulasse, excédé, fou de rage, il lui a demandé d'une voix glaciale : « A propos, mon chou, tu sais que je te b... ? » Pour le fils unique de Félicie, c'est presque du kif au même ! « Vous savez que je viens de vous kidnapper ? »

Pearl hoche la tête.

— Je m'en suis aperçue, my dear.

« Sy » dear en frôle la syncope plombée.

— Quel effet cela vous fait-il ?

La ravissante souris me file une œillade provocante :

— Je trouve ça passionnant.

— Vous n'avez pas peur ?

— Pourquoi aurais-je peur ?

Je vous le demande ! L'arrivée du père Léveillé m'évite de prolonger mon éberluement. Il se frotte les paluches.

— Ah bon, vous avez fait la connaissance de Doudine, ma gouvernante.

Il file une claque sur le gros dargeot de canard de la coloured-madame.

— Vous verrez, c'est une brave fille. Et comme cordon bleu, elle bat tous les records.

Il ne précise pas lesquels.

— Vous avez le téléphone ! noté-je en montrant l'appareil.

— Grâce à Walton, c'est lui qui a voulu et s'est chargé des formalités. Il tient à pouvoir me joindre à tout moment.

— Vous me permettez de l'utiliser ?

— Il est à votre disposition, mon ami.

— C'est que je voudrais appeler Paris.

— Faites, faites, les notes sont prélevées directement sur le compte de Walton, vous vous arrangerez avec lui.

Vous parlez si je me grouille de carillonner le Vieux. J'en ai épais à lui raconter, au Tondu. Du neuf, du croustillant, de l'incroyable.

— Il y a des magasins dans l'île ?

— Oui, mais tout dépend de ce que vous voulez acheter. Si vous désirez une Jaguar ou une cape de vison blanc, ça m'étonnerait que vous les trouviez à Bimini. Par contre, pour du pétrole, des sandales de corde et du lard fumé, allez à l'épicerie du vieux Boris. C'est un Russe noir très sympa. Il est né dans l'île d'un Russe blanc et d'une négresse.

— Nous aimerions seulement trouver des vêtements pour cette jeune fille, dis-je. Il fait bon, ici, mais elle ne peut cependant pas passer sa vie en maillot de bain.

Là-dessus le bignou fait tilt. Paris, déjà ! La blague du téléphone est de plus en plus valable : Paris, on l'obtient toujours rapidos lorsqu'on le demande d'un autre continent. Y a que de Paris qu'il est inaccessible. On vit dans un monde qui s'encombre de toutes parts. Devient compact. Se solidifie. Les routes, les champs, l'espace aérien se saturent de chignoles, de moches buildinges et de zavions. Les cerveaux aussi sont encombrés ! D'idées mal reçues, calibrées, fignolées.

Autrefois, l'éducation des masses se faisait à travers le catalogue de la Manufacture Française d'Armes et Cycles de Saint-Etienne, on pouvait rêver. Depuis, est arrivée la bande (de con) dessinée, la téloche en chaînes, la publicité. On gave le caberlot du bon monde. On tasse pour que ça rentre tout bien. On est devenu des clébards savants auxquels on fait porter leur laisse. On enchevêtre de la coiffe. On débloque délibérément. On se préoccupe plus. On laisse quimper. On non-sense en couronne. Pourquoi c'est pas monseigneur Makarios qui fait de la pope-musique ? Pourquoi existe-t-il des fouets à champagne destinés à chasser les bulles qu'on a eu tant de mal à foutre dedans ?

Je vous emmaverdave avec mes questions abruptes ? Vous tracasse ? Tant mieux. C'est pas fini. Dans mes polards je suis inexpugnable. C'est mon tas de fumier où je juche pour cocoricoter à vous en fendiller les tympans. Faut pas craindre. Je passe du coq à vous. N'importe la logique ou la chronologique. Je suis votre juge de pets. Le soupirail de votre conscience. Le monsieur complaisant qu'appuie sur le bitougnot de votre Kodak, réglé par vous, pour vous rendre le menu service de vous flasher en position conne avec vos airs cons d'apparat !

Mon ambition secrète serait de créer la profession de gifleur. Gifleur diplômé de l'Etat. Flanqueur de beignes patenté. Un apostolat, pour moi. Je déambulerais de par la vie, avec un gantelet de cuir pour me préserver les paumes. J'entends une connerie ? Vlan, un chtard dans le museau du débloqueur. J'aperçois un ahuri qui simagrée en dansant, je lui interromps le couple, et plaof, il déguste sa mornifle. Un enfoiré qui crie Vive Machin ? Une baffe ! Tout ça pas méchamment, oh non. Pas vengeur non plus. Sanctionneur seulement ! Simple question de mise au point. J'abuserais pas, juré ! J'appuierais pas mes tartes non plus. Je tricherais pas pour coincer la clientèle. J'imiterais pas les motards vicelards qui s'embusquent dans un discret virage pour piéger les dédaigneurs de ligne jaune. Vous me verriez jamais devant chez Carita, à guigner la sortie des vieilles morues à toutou qui houspillent leurs chauffeurs de si dégueulasse manière que je voudrais empaler leur cul flasque sur la mascotte de leur Rolls. Correct ! Conscience professionnelle garantie !

Je serais gifleur comme on est donneur de sang. Je constituerais des équipes, des brigades de gifleurs assermentés. On développerait la corporation. On irait gifler à domicile. Gifler les parents qui giflent ou qui connifient leurs chérubins par contamination spontanée. On giflerait les gardiens de la paix qu'aboieraient après des pauvres tomobilistes. On giflerait les tomobilistes invectiveurs. On giflerait à la tévé, en cours de démissions. On irait gifler au Palais-Bourbon pour réveiller les endormis. On créerait des services motorisés pour gifler les populations reculées. Nos camions stopperaient sur les champs de foire, et les gens feraient la queue pour venir se faire gifler. On mettrait des chicanes, afin d'éviter les bousculades. On fonderait une banque de la gifle. Des carnets de gifle d'épargne. On instituerait la prime-gifle. A cent gifles t'aurais droit à un coup de pompe dans les miches. Moi, vous connaissez mes dons de visionnaire, hein ? Eh ben je vous le dis : l'avenir est à la gifle organisée. Dieu fasse que la France qui a tant éclairé le monde, soit le premier Etat-gifleur. Amen !

— C'est vous, mon garçon ?

Comment il a fait pour me retapisser sans que j'eusse moufté autre chose qu'un « Allô » évasif ?

— Oui, patron.

— Alors ?

— Mission remplie !

Il égosille un « pas possible » plus triomphant que « Sambre et Meuse » interprété par les chœurs de l'Armée Rouge.

— Nous sommes à Bimini, dans l'archipel des Bahamas.

— Il n'y a pas eu de casse ?

Je fais cette riposte saugrenue :

— Pas assez !

Il ponctue d'un silence constellé de points d'exclamation et d'interrogation alternés. Alors je lui explique tout. La facilité de l'opération. Le motus de la radio. La façon plaisante dont Pearl Farragus accepte son sort.

Pendant que je parle, elle est là qui m'observe. Je me suis assuré auparavant qu'elle ne comprenait pas le français. Elle ne connaît que quelques mots de notre langue, et encore faut entendre comment elle les prononce : Champs-Elysées, Christian Dior, Traveller-chèque, constituent tout son bagage linguistique, en dehors de l'américain (lequel ne pisse pas loin).

— Effectivement voilà qui est troublant, admet le Rasibus du Promontoire. Vous voyez une explication à la chose, vous ?

— Une seule, monsieur le directeur. Je suppose que le camarade Neptuno s'est refusé à alerter la police dans le but, vraisemblablement, d'épargner sa fille en n'affolant pas les kidnappeurs. Il doit attendre qu'on lui réclame la rançon.

— Probablement, oui, convient le vitrifié du dessus. Eh bien, mon cher ami, il va falloir que vous alliez la lui demander. Vous connaissez notre prix, n'est-ce pas ?

Le combiné m'en choit !

Eh quoi ! Je dois me charger AUSSI des transactions ? Voilà qui n'avait point été précisé au départ. Décidément elle me prend vraiment pour son homme-à-tout-faire, la Calotte glaciaire ! Ce front, Madame !

Le Vioque a senti mon abasourdissement car il demande, doucereux comme une pâtisserie orientale :

— La chose vous paraît impossible, San-Antonio ?

— Impossible, non... Mais dangereuse ! brenouille (1) l'éminent interpellé, duquel on ne dira jamais assez tout le bien que j'en pense.

— Eh oui, mon petit, dangereuse, renchérit le père Achille, donc faite sur mesure pour vous. Laissez votre pensionnaire à la garde d'un de vos adjoints et foncez à l'assaut de cette ordure. Je compte sur votre habileté, votre fermeté, votre clairvoyance, votre énergie, votre...

Je suis une nature perméable, dans le fond. On me possède toujours lorsqu'on y met la quantité de salive suffisante. Quand c'est pas à la flatterie, c'est à la fatigue.

— Bon, bon, je vais essayer de mener à bien les transactions, monsieur le directeur.

Et j'ajoute machinalement :

— Comptez sur moi !

Je raccroche.

Béru et Pinuche qui attendent la fin de la communication me grèvent d'un double regard hostile.

— Je n'ose comprendre, brebise le bêlant.

— Hélas, fais-je.

— « Il » t'a demandé d'aller négocier l'affaire ?

— Exactement.

— On croit rêver ! Mais il veut donc absolument notre peau !

(1) Oui, j'ai bien écrit « brenouille » et non pas « bredouille ». Ça me regarde, non ?

Béru s'appuie des deux pognes à la table. Il ressemble à un canon sur le point de tirer un coup.

— Et t'as accepté ? bovine l'Enorme.

— Ben, le moyen de faire autrement ?

— Après ce qu'on vient de réaliser ! Dans le bain de mouscaille où qu'on marine ! Tricards du haut en bas comme on est, t'as accepté !

— C'est notre chef, tu parais l'oublier.

— Chef ou pas chef fallait l'espédier sur les roses crémières ! Il m'eusse demandé ça à moi, aussi sec je l'aurais répondu : « Non môssieur ! » Et ce serait été le ministre de l'Intérieur qui me l'aurait ordonné, je l'aurais également répondu : « Non, môssieur, pas question ! » Et même la Sainte Vierge m'aurait apparu spécialement pour m'enjoindre cette mission dingue, je lui aurais pareillement répondu : « Non, môssieur, n'y comptez pas ! »

CHAPITRE VI

Il y a quèque chose, chez Pearl, que j'arrive pas à m'expliquer, pour tout vous dire. Comme si cette frangine avait un petit coin de son ciboulot branché sur l'alternatif.

Je sais bien que le fait que nous nous exprimions tous dans une langue qui lui est étrangère l'isole fatalement ; pourtant, je sens chez cette fille un obscur égarement. Un peu comme si elle était chlass ou camée. Pourtant nous venons de passer une tripotée d'heures ensemble et elle n'a pu se charger dans l'intervalle, vu qu'à part son coquinet maillot de bain deux-pièces, elle ne possède rien d'autre.

Le soir se ramasse au-dessus de Bimini lorsqu'on quitte les grands magasins du Russe noir Boris. Ceux-ci mesurent quatre mètres de long sur trois de large. Ils sentent la boîte de sardines, le bidon d'essence, le coutil frais et la morue salée. On a pu dégauchir un blue-jean trop large pour la môme, un maillot rayé et des sandales de toile. L'ensemble lui donne un côté tropézienne assez amusant. On déambule dans l'unique rue du village. Un bureau de poste au fronton duquel pendouille le drapeau britiche, des maisons basses en queue leu leu, avec des gens de couleur qui prennent le frais sur leur seuil...

Les jardins des maisonnettes sont luxuriants et débordent dans la rue tortueuse. A partir d'un certain moment cette voie s'élargit, devient une espèce d'avenue bordée de cocotiers, au sol jonché de noix de coco éclatées dans leur cangue verte. Sur la gauche, il y a le petit port, avec quelques barlus dorlotés par la houle. Puis c'est le bureau des douanes avec des douaniers noirpiots à mines renfrognées. Une esplanade où les deux ou trois bagnoles de l'île carrossées de la même poussière blanche perdent gentiment l'huile de leurs carters.

Quelques personnages palabrent autour d'un kiosque à boissons. De ces traîne-lattes comme on en rencontre dans tous les ports du monde, mi-marins mi-aventuriers, qui abordèrent ici pour la journée, y restèrent vingt ans et qui en repartiront aussi brusquement un beau matin, à l'orée de la vieillesse... Des gars à casquettes éculées, aux épaules voûtées par un mystérieux accablement. Des types plus ou moins blancs, plus ou moins noirs, des rouquins grisonnants, des édentés qui se retiennent de sourire depuis l'effeuillage de leurs gencives et qui ont à présent des bouches de lézard grincheux. Ils parlent mornement dans un anglais qui n'est pas du bon anglais.

On les dépasse. Je tiens Pearl par le cou, gentiment. Ceux de par ici doivent nous prendre pour un couple d'amoureux en balade, encore que Bimini ne soit pas un lieu de villégiature. Ici, le tourisme clopine. Bimini, c'est à peine une escale. Tout juste un but de balade pour les gens de Floride qui veulent se dépayser l'espace d'une journée. Y a un service d'hydravion depuis Miami. Une heure de vol à peine.

Un seul hôtel. Le « Beach ». Crépi dans les tons ocre, il doit son nom à la piscine autour de laquelle il aligne ses bungalows moroses.

On se dirige vers cette dernière. L'établissement a un petit air d'abandon, de décrépitude imminente. Des algues inquiétantes ondulent dans l'eau trouble à la surface de laquelle flottent d'énormes insectes morts tandis que d'autres, bien vivants, se jettent à notre rencontre.

Un vieux type au ventre énorme, plus velu qu'un gorille, boit de l'alcool, enfoui dans un fauteuil d'osier démantelé. Excepté lui, personne !

On entend le brouhaha indécis d'une émission de télévision. Je drive Pearl vers la porte grande ouverte d'une salle de restaurant immense et vide. Ça ressemble à l'un de ces locaux de la banlieue parisienne où se succèdent des noces ternes et sans véritable joie. Sur le côté, il y a un long comptoir désespérant, avec des glaces piquées, des flacons vides, des fanions improbables. Le téléviseur marche dans la pénombre pour les tables désertes. Il diffuse un programme américain, en couleurs brutales.

On se perche sur des tabourets couverts d'une moleskine poisseuse. La barre de bois qui longe le rade est gluante également. Mais ça doit provenir de l'humidité.

— Hello ! appelé-je.

Ma voix vibre comme un craquement de prie-Dieu dans une cathédrale.

Je perçois un soupir, un froissement, et puis un jeune Noir qui pionçait derrière le comptoir se lève mornement. Il a l'air mauvais, ses yeux exorbités nous éclaboussent d'un indicible mépris.

— Deux whiskies ! commandé-je.

— Pas pour moi, fait Pearl, je n'aime pas l'alcool.

Elle se farcit un Coca tiède. Le serveur nous sert et va se blottir sur une chaise dans le coin le plus éloigné du bar.

— Pas très joyeux, tout ça, hein ? fais-je à la fille Farragus.

Elle hausse les épaules.

— Non, mais c'est intéressant.

Le moment est peut-être venu de bavarder sérieusement avec elle, non ? Elle doit pouvoir me rencarder utilement au sujet de son vieux. Faut que je réunisse le plus de tuyaux possible sur le roi de l'aéronautique. Je dois tout connaître de la vie privée de ce zig pour savoir par quel bout l'attraper sans me brûler les doigts.

— Vous vivez continuellement à la « Résidence » de Miami Beach ?

— Oui.

— Et vos études, alors ?

Elle a un geste insouciant. Faut en conclure quoi ? Qu'elle les a stoppées à la fleur de l'âge ou qu'elle n'en a jamais même entrepris ?

— Votre père habite la « Résidence » également.

— Il vient pour les week-ends.

— Et votre mère ?

— Elle est morte quand j'étais toute petite. Elle s'est noyée dans la piscine.

— Votre père est remarié, je crois savoir ?

— En effet.

— Ça marche, vous et votre belle-mère ?

— On se voit si peu...

— Bien entendu, c'est une ravissante jeune femme comme toutes les secondes épouses ?

Pearl laisse flotter un long sourire mélancolique.

— Juste le contraire : elle est plus âgée que Dady.

— Sans blague ?

— Un amour de jeunesse. Elle lui enseignait le violon quand il était gosse. C'était une belle jeune fille qui a ensorcelé son enfance. Après la mort de ma mère il s'est mis à sa recherche. Il l'a retrouvée. Elle était mariée à un médecin et mère d'un garçon atteint par la polio. Il l'a fait divorcer pour pouvoir l'épouser.

— Dites, c'est un grand sentimental, on dirait ?

Elle hoche la tête.

— Pas exactement. C'est un homme qui sait ce qu'il veut et qui finit toujours par l'obtenir.

— Où demeure-t-il, en semaine ?

— Tout à côté de ses foutues usines, à Tampa.

— Et vous ?

— Moi, quoi ?

— Avec qui vivez-vous ?

— Des larbins, des gardes du corps et une infirmière.

Pour le coup je fais tilt. Une infirmière ! Un léger frisson m'escalade l'échine, comme un cortège de mille-pattes.

— Pourquoi une infirmière, vous êtes malade ?

— Pas mal, merci.

Mon guignolet exécute un mouvement pendulaire assez désagréable. Y a des moments où la vie se fout en arythmie. On a comme un vertige, une sensation de froid intense.

Je cramponne mon scotch et je demande en contemplant le mouvement giratoire du gros cube de glace dans le verre.

— De quoi souffrez-vous ?

— Je ne souffre pas ; la leucémie ne fait pas mal.

Je siffle mon glass d'un seul coup de gosier avant de lâcher, d'une voix qui ressemble à de la marmelade de poire coulant sur une plaque de tôle :

— Qu'est-ce que c'est que cette histoire, Pearl ?

— La mienne, répond la jeune fille.

Tout s'explique... Son air lointain, vaguement égaré. Son regard incertain. Ce quelque chose d'indéfinissable donnant l'impression que le présent ne la concerne pas vraiment... Elle est là sans y être complètement. Maintenant je note sa pâleur, sous un bronzage inégal provenant de quelque lampe U.V. Des cernes sous les yeux... Son nez pincé.

— Dites, mon chou, ce n'est pas possible ! Vous êtes en pleine forme, bredouillé-je.

Mes idées se bousculent. Tout panique en moi, soudain. J'ai envie d'aller me vomir dans les premiers gogues venus.

— En pleine forme parce qu'on m'a fait une transfusion avant-hier, dit-elle ! Ça donne un petit coup de fouet pour quelques jours. Après on recommence...

— Vous suivez un... un traitement ?

— Naturellement. Piqûres deux fois par jour, en alternant les médications. J'en suis à la chimiothérapie, comme ils disent.

Maintenant je me rappelle avoir tiqué sur mille petits points noirs qui lui postillent le haut des cuisses. Je m'étais vaguement dit qu'il s'agissait de piqûres et déjà j'en concluais qu'elle se camait. Drôle de camouze ! Je suis anéanti, mes petites rates. Jamais ne me suis trouvé embarqué dans une semblable situation ! C'est cornélien, c'est mauriacien, c'est san-antonien, c'est la chiasse en branche ! Le bout de l'ennui ! Les catacombes de la conscience ! J'en grelotte du cerveau ! Vous vous rendez compte vraiment du bigntz ? On a kidnappé une quasi-agonisante ! Une frangine dont la précaire survie exige un traitement bi-quotidien. Si on n'agit pas presto, elle risque de nous clamser sous le nez, la pauvrette ! Meurtrier, San-Antonio ! Misérable ! Je mérite la chaise électrique. Et encore, c'est une fin trop confortable ! Faudrait me disséquer vivant ! M'enrouler l'intestinade autour du cou. Me pendre avec ! Que faire ! Ramener Pearl là où je l'ai prise ?

Ah, je comprends pourquoi elle accepte l'aventure avec philosophie. Qu'est-ce qu'elle risque, cette gosseline promise à une fin proche ? Dans le fond, ça la distrait. Peut-être sa maladie est-elle à l'origine du silence observé par Neptuno Farragus ? A cause de l'état de santé de sa fille, le papa tient à ce que l'affaire soit réglée rapidos.

— On dirait que cette nouvelle vous impressionne ? observe-t-elle en contemplant les bulles de son Coca.

— Ben... hein ?

— Un kidnappeur sensible ? plaisante Pearl. C'est assez inattendu. Généralement vos collègues ont une réputation fâcheuse. Ce sont des monstres au cœur d'acier qui trucident les petits enfants ou les héritières avant même d'avoir palpé la rançon. A propos, la mienne est fixée à combien ?

Je virgule un talbin au loufiat avachi sur sa chaise et j'entraîne la môme vers la masure du père Léveillé.

Pinaud est en train de jouer à la belote avec le saint homme, et le Gros de s'empiffrer le peu ragoût tant ragoût de la mère Doudine lorsqu'on fait retour. Il est écœurant à voir clapper. Alexandre-Benoît. Ça lui dégouline de la frime. Absorder la nourriture ne lui suffit plus : faut qu'il s'en oigne.

— Tu sais à quoi je pense, brusquement ? fais-je en le fustigeant d'un oeil d'exorciste.

— A ton air, ce serait à une connerie que ça ne m'étonnera pas ! clapote l'Immonde.

— Bérurier, c'est l'anagramme de Beurrier.

— J' savais que ce serait été une connerie, malgré que j'ignorasse ce qu'est un âne à gramme, soupire le philosophe en mastiquant de plus belle. A force de faire la fine bouche, mon pote, bientôt tu pourras plus bouffer qu'avec une paille.

Je redemande Paname-les-Bains à une standardiste britannique enrhumée dont la voix ne tient qu'à un fil.

— T'es revenu de ton erreur ? exulte le Cachalot. Tu vas lui rendre tes billes, au Scalpé ?

— Exactement !

— Banco, Mec ! V'là qu'est énergique. A force qu'on se laisse remonter la pendule par cette vieille frappe, on devient des robots penchants. Faut lui insurger la tyrannie, d' temps à autre, manière qu'on établisse nos droits indescriptibles à la liberté. On a beau prétendre, mais le flic est un citoillien comme un autre.

Pinaud, accaparé par le jeu, ne participe point aux débats.

— Pardonnez-moi, mon père, dit-il à son adversaire avec cérémonie, onction et componction, je suis absolument navré, mais les nécessités du jeu m'obligent à vous annoncer un cent cinquante de neuf dont je souhaite respectueusement qu'il ne contribuera pas à vous mettre capot.

Et il se signe.

Drelingggg ! fait la sonnerie (d'origine anglaise). Re-le Vieux !

— Quelque chose qui ne va pas ? demande-t-il en reconnaissant mon timbre charmeur.

— En effet, patron : la cliente !

— C'est-à-dire ?

— Je viens d'apprendre qu'elle est leucémique.

Il me concède un bref silence qui n'est pas de compassion mais de surprise.

— Pauvre petite, murmure-t-il brièvement, pour la bonne règle, et alors ?

Toutes les réserves des valeureux établissements *Amora* me montent brusquement aux naseaux.

— Comment, et alors ! m'exclamé-je, vous rendez-vous compte, monsieur le directeur, que cette fille subit des transfusions à tout moment et qu'elle vit ordinairement sous le contrôle d'une infirmière ? On lui administre des médicaments rarissimes deux fois par jour. On...

Il me coupe, ce vieux rabbinoche. Le roi du sécateur !

— Raison de plus pour agir vite, mon cher ami.

Voilà, c'est tout ! Point à la ligne !

Comme ma stupeur méprisante pointille jusqu'à son cher vieux tympan fané, il ajoute :

— Car on ne peut la laisser longtemps sans soins, c'est une élémentaire question d'humanité, n'est-ce pas ? Voilà pourquoi vous ne devez pas perdre une seconde, San-Antonio. Excusez-moi, le ministre me sonne sur une autre ligne.

Il raccroche.

— Vieille salope ! ne puis-je m'empêcher d'invectiver.

Un silence à haute tension m'environne. Les trois hommes me matent lourdement. Béru ne mâche plus. Il déragoûte lentement. Pinaud a le râtelier qui passe outre. Quant au père Léveillé, il en oublie de glisser dans le talon de brèmes le sept de pique qu'il vient d'échanger en loucedé contre un as de carreau. Seule, la principale intéressée reste indifférente. Pearl feuillette une revue de pêche datant de 1694.

— Ai-je bien entendu ? balbutie Pinaud par-delà et à travers ses huit incisives, cette jeune fille serait...

« Quelle horreur ! Il faut immédiatement la restituer...

Le mot « restituer » fait légèrement sourciller notre hôte ; pourtant il s'abstient de tout commentaire.

— Le Vieux ne l'entend pas de cette oreille, annoncé-je. On garderait enfermée une femme enceinte dans un baril rempli de fourmis, ça ne l'affecterait pas outre mesure. Pour lui, seul le résultat importe. Père, ai-je la possibilité de rallier le continent américain immédiatement ?

— Je ne vois guère comment, assure Léveillé avec une mimique désolée.

— A n'importe quel prix ? insisté-je.

— A n'importe quel prix, cela doit pouvoir s'arranger, assure le cher homme. A n'importe quel prix, cela s'arrange toujours.

CHAPITRE VII

Vous aimez le style colonial ?

Moi non plus.

D'accord, ça flatte. De loin c'est romantique. Seulement, quand on l'approche, qu'on pénètre dedans, ça devient froid et inaccueillant comme un palais de justice (je me ferai jamais à ce terme : palais de justice).

Le célèbre Neptuno Farragus habite donc un palais de justice, tout blanc, tout marbreux, avec des colonnes qu'un ivrogne serait seulement incapable de se cramponner après, des volées de marches sur lesquelles on pourrait remaker la grande scène du cuirassé Potemkine, des portes larges comme le cul de Berthe Bérurier, et, tout autour, une pelouse en comparaison de laquelle celle de Longchamp ressemble à une piste de 421 (1).

Une soixantaine de jardiniers, tous pauv' nègres de pères en fils, s'activent sous un ciel orageux.

(1) Je dis 421 pour que tout le monde comprenne, mais maintenant y a des jeux de dés plus intellectuels.

Ils tondent, sarclent et ratissent comme tous les croupiers de France et de Monaco réunis. Aucun d'eux ne m'accorde le moindre regard.

— Attends-moi dans la pompe, recommandé-je au Mastar qui m'a accompagné.

Sa Majesté hausse les épaules.

— Je me gaffais que je resterais sur la touche, dit-elle. Quand t'est-ce il s'agit de castagne, on me cloque en premières lignes, seulement, pour les turbins mondains, je fais le pied de pute devant la lourde du château. Si j'eusse écouté mon oncle Ambroise, j'aurais poursuivi mes études, poussé au moins jusqu'au certificat. On vit une époque où si t'as pas l'instruction on te considère comme manar à vie.

Je l'abandonne à ses rancœurs pour aller carillonner au pont-levis (en Amérique, on dit le pont Lewis) de Farragus.

Un valet de chambre prêté par les studios de Hollywood, où le chômage sévit, vient m'ouvrir. Ce mec, j'ai dû le retapisser dans deux ou trois superproducs en cramoisis-colours sur la guerre de Sécession. Grand, maigre, la gueule allongée comme un autobus anglais vu de face, des favoris raisonnablement longs, l'œil embourbé dans de fausses servilités, la bouche en retrait, le menton aussi fuyant que le regard, vous mordez le sujet ?

Il parvient à me demander ce que je désire, simplement en soulevant sa paupière droite. J'ai rarement vu une telle économie de paroles et de gestes.

— Je dois rencontrer d'urgence M. Farragus, déclaré-je sans ambages, pour une affaire de la plus haute importance.

Ça ne lancebroque pas loin comme argument, hein ? C'est le genre d'affirmation que balance le premier placier d'assurances venu, le dernier représentant en vins, le plus râpé des marchands de brosses-confectionnées-par-aveugles. Mais enfin, quoi, je ne peux tout de même pas déclarer à l'escogriffe que je me pointe pour discutailler la rançon de la fille.

Ça ne ferait pas sérieux...

— Monsieur Farragus est terriblement occupé, répond le maître d'hôtel. Pour avoir audience avec lui, il convient de téléphoner ou d'écrire très longtemps à l'avance. De toute façon, il n'est point ici en ce moment.

Déconfiture !

De coings (si je m'en réfère au teint d'hépatique du larbin-chef).

— Où se trouve-t-il ? insisté-je.

L'autre est choqué.

— Je l'ignore, ça n'est pas mon affaire ! riposte-t-il grincheusement.

Et il exécute un début de mouvement pour me repousser la lourde dans le pif. Machinalement je fais un pas en arrière. La porte en fait un en avant si je puis m'exprimer de la sorte (et je le puis du moment que je vous asperge le fondement d'un liquide organique clair et ambré, limpide, odorant qui s'est formé dans mon rein, a séjourné dans ma vessie et vous est transmis par mon urètre consécutivement à un relâchement de mes sphincters).

— Ecoutez ! glapis-je désespérément, c'est une question de vie ou de mort ! Je dois joindre coûte que coûte Farragus.

Y aurait de quoi impressionner l'archevêque de Canterbury, non ? D'autant que j'y ai mis l'intonation.

Eh ben, cézigue n'a rien de commun avec l'archevêque de Canterbury car il se contente de crisper ses mâchoires et de repousser la porte en plein.

Me v'là congédié comme un malpropre. Charmant, non ? Elle est mal emmanchée, la mission du plénipotentiaire. Il trouve même pas le moyen d'obtenir une audience. M'est avis que ça risque de durer plus longtemps que la conférence de Paris sur la guerre du Viêt-nam. La pauvre Pearl sera morte de sa vilaine mort lorsque enfin j'obtiendrai le numéro de téléphone private de son dabuche.

Accablé, je redescends le large perron du palais de justice résidentiel. Mais voualatilpa que la voix du larbin me retentit dans le dossard.

— S'il vous plaît, monsieur !

Je me retourne.

Vous noterez que les portes, plus elles sont lourdes, épaisses et somptueuses, moins elles font de bruit en s'ouvrant. Tenez, une lourde de coffre-fort, je vous défie de percevoir le moindre chuchotement. Ça pivote dans la crème fraîche, mes biens chers frères. Le riche, il baigne dans l'huile de paraffine. Il se défend contre tout, et principalement contre le bruit. Ce qu'il a de plus fragile, après son foie, c'est ses trompes d'Eustache. S'il pouvait, il les emmitouflerait, les enfermerait dans un écrin.

— Voulez-vous venir, dit-il, Madame souhaiterait vous parler.

Je noue les extrémités d'une ficelle à chaque bout de ma stupeur et je passe celle-ci en bandoulière afin qu'elle me laisse ma liberté d'action.

Je demitoure en trombe et pénètre dans un hall où d'autres colonnes de marbre donnent à cette entrée qui se voudrait majestueuse l'aspect d'une salle des pas perdus.

Une femme extrêmement quinquagénaire pour son âge est là, vêtue d'un pantalon de velours noir et d'un chemisier rouge, qui m'attend. Un peu cognée si on trouve la petite bête, mais séduisante si on ne la cherche pas. Comme la choucroute, elle a de beaux restes. Ses cheveux sont blond vénitien, son maquillage léger mais efficace et elle possède le plus beau regard du world. Des yeux, mes amis, qui foutraient le feu à de la paille d'emballage humide ! D'un noir intense, scintillant, profond.

Elle porte sur son épaule un chat persan bleu qui joue à l'étole pendant qu'elle le caresse d'une main fine, un peu desséchée, à l'annulaire de laquelle un solitaire éclabousse. Vous parlez d'un caillou ! Quand on est gros commak, on peut se permettre d'être solitaire.

Je m'incline.

— Mes hommages, madame. Mon nom est San-Antonio.

— Vous êtes Texan ?

— Non, Français !

Elle m'accorde un sourire qui lui va bien.

— Je traversais le hall à la poursuite de mon chat de Perse, ce qui m'a permis d'entendre, dit-elle. Venez par ici...

Elle contourne la trente-quatrième colonne de droite et pousse une porte capitonnée de cuir de Corfou (il n'en restait plus de Cordoue lorsque le décorateur a voulu garnir les panneaux de celle-ci). Nous déboulons dans un charmant boudoir meublé en Louis XV signé, contre-signé, avalisé, authentifié, classé, répertorié et dont le moindre barreau de chaise coûte une fortune et demie.

Mme Farragus me désigne un canapé tendu de velours vieux rose.

— Asseyez-vous.

— Merci...

Le gros greffier roupille toujours sur l'épaule de sa maîtresse. Je comprends le remariage de Neptuno. Une femme comme voilà Madame, on ne l'oublie pas. Dans son état actuel, je serais partant pour qu'elle me donne des leçons de violon.

— Ainsi vous voudriez voir mon mari pour une question de vie ou de mort, avez-vous prétendu ?

— Et je le prétends toujours, madame.

— Malheureusement il est en voyage...

— Il est certainement resté à portée d'un aéroport, déclaré-je en l'enveloppant d'une œillade cajoleuse. Où qu'il se trouve, je puis aller le voir, croyez-le.

— Faudrait-il encore savoir ce que vous lui voulez ?

Je vais répondre, mais elle ajoute vivement (si vivement que le chat ouvre un œil et secoue l'oreille) :

— Surtout ne me dites pas que c'est personnel...

— J'allais vous le dire, madame.

— Oh, non, je vous en prie... Comment pourrais-je vous obtenir un rendez-vous avec Neptuno s'il ne m'est pas possible de lui donner une idée de ce que vous lui voulez !

Ayant affirmé ça, la chère personne continue de me darder de son merveilleux regard.

San-Antonio, vous le savez, mes madames et sieurs, est capable de prendre ses responsabilités lorsque le temps le permet.

— Il s'agit de sa fille, madame.

Elle fronce les sourcils :

— Pearl ?

— Oui, madame.

— Vous la connaissez ?

— Heu... très indirectement. Mais il est indispensable que j'aie un entretien à son sujet avec votre mari.

— De quel ordre ?

Si je lui réponds « d'ordre privé » elle va m'envoyer aux bains turcs, Mrs. Farragus. C'est le genre de personne gentiment autoritaire qui ne souffre pas qu'on lui fasse des cachotteries. Le plus sage est de s'en confectionner une alliée puisqu'elle m'a somme toute tendu la perche en me recevant. Et puis elle est intelligente. L'intelligence, chez un interlocuteur. ça n'a pas de prix.

— Mon Dieu, madame, vous m'embarrassez, la chose étant d'une extrême délicatesse.

Elle attend, sans répondre, en grattant le crâne du persan.

— Je crois savoir, poursuis-je, que Mlle Farragus a présentement grand besoin d'assistance. Peut-être serais-je à même de... d'apporter une certaine aide...

Dans mes apartés personnels je me tiens le courageux langage ci-dessous :

« San-Antonio, mon chéri, me dis-je, cette fois t'as entamé le processus. Après ce que tu viens de lâcher, tu peux fort bien dormir, ce soir, à la prison d'Etat, ou dans une autre, puisque tu n'es pas sectaire. »

La dame au chat prend une mine affligée.

— En effet, convient-elle, cette pauvre petite vit un drame terrible. Dans quelle mesure pensez-vous pouvoir l'aider ? Vous êtes médecin ou guérisseur ?

— Oh ! il ne s'agit pas de sa maladie ! m'écrié-je.

— De quoi est-il question, en ce cas ? s'étonne-t-elle.

Pour le coup, je suspends le vol du temps, histoire de me confectionner un petit raisonnement point trop charançonné. « Cher et merveilleux San-A., me dis-je, tu n'es pas au bout de tes surprises. Selon toute apparence, la propre femme de Farragus ignore l'enlèvement de sa belle-fille. Y a de quoi se la peindre en vert, se la signer Picasso et se la mettre en vente à Galliera. Que conclure d'une pareille constatation ? Que la dame me mène en barlu ou bien que son bonhomme lui tait les faits les plus capitaux de son existence ?

Je sonde ce beau visage un peu fatigué. Y a de la détresse sur les traits d'une jolie femme vieillissante. Elle sait le lent naufrage de ses charmes. Elle comprend que le temps la vainc. Dix fois par jour son miroir lui confirme l'affreuse réalité. Elle essaie d'enrayer le sinistre, de le colmater. Mais c'est du bricolage. Au fur et à mesure, elle s'habitue à cette nouvelle gueule qui lui vient. Elle a beau tirer sur les plis, obstruer les rides, peindre, modeler, rectifier, le grand ravage se poursuit. Elle ne lutte que contre la figure du jour, elle se soumet à celle de la veille, ce qui revient à dire qu'elle regimbe sur une courte distance. Qu'elle accepte avec un mince décalage l'irréfutable.

— Ecoutez, récité-je, comme si j'étais un élève du conservatoire en train de passer une audition, je crois savoir que Mlle Pearl Farragus aurait disparu.

Elle bondit.

— Comment !

— Sous toutes réserves, ment l'effronté faquin que je suis dans cette occurrence.

— C'est insensé. Depuis quand aurait-elle disparu ?

— Depuis hier après-midi, madame.

Du coup elle part d'un rire encore cristallin.

— Vous m'avez fait peur. Je crois que vous avez été mal informé, monsieur San-Antonio, *hier au soir j'ai eu une communication téléphonique avec ma belle-fille !*

Et allez donc !

Vous servez chaud, avec de la purée de marrons et de la confiture de groseilles.

J'ai la mâchoire inférieure qui pend comme un tiroir de commode après un cambriolage. Si je réagis pas prompto, dans pas vingt secondes je vais me mettre à baver, et dans moins de trente à compisser le tapis, ce qui serait dommage pour le Chiraz.

— L'avez-vous eue personnellement à l'appareil, madame ?

— Mais naturellement ! Chaque soir je prends de ses nouvelles.

Une démangeaison me taquine le rectum, que je ne puis décemment apaiser d'un énergique grattement, n'étant pas (Dieu m'en préserve) Bérurier.

— Vous... Heu... Vous êtes bien sûre que c'était la voix de Pearl ?

— Quelle question ! La voix de quelqu'un qui vous est familier n'est pas contrefaisable...

« Attends, San-A., m'exhorté-je, t'affole pas, mon lapin. Vas-y molo sur la pelouse. Bats le rappel de tes facultés. Sois rationaliste. Dis-toi bien que si des gens ont « vu » des soucoupes volantes, *personne jamais* n'est monté dans l'une d'elles. »

— Permettez, fais-je brusquement en tirant de mon larfeuille la photo de Pearl qui me fut remise à Paris.

Elle est un peu gondolée, pâlie aussi par mon plongeon de la veille dans l'eau de mer au déboulé de l'hydravion.

— Il n'y a pas confusion, n'est-ce pas, chère

madame ? C'est bien mademoiselle Farragus qui figure sur ce cliché ?

Elle acquiesce.

— Naturellement.

Bon, alors que je le veuille ou pas, y a comme un brin de sortilège dans tout ça, les aminches. Si c'est bien Pearl que j'ai kidnappée, Mme Farragus n'a pu lui parler au fil hier soir en appelant Miami Beach, vu que la môme se trouvait aux Bahamas.

Vous me suivez ? Conclusion, la deuxième épouse du roi de l'aéronautique me chambre quand elle m'assure avoir parlé à sa belle-fille la veille. Pourtant elle a l'air sincère...

— Ecoutez, chère madame, déclaré-je, je suis de plus en plus convaincu qu'une conversation avec votre mari s'impose, pouvez-vous me l'obtenir ?

Elle marque un léger temps, puis se lève et dépose le greffier-roupilleur sur le canapé.

— Je vais l'appeler, dit-elle.

— Vous avez donc la possibilité de le joindre ?

Elle me décoche un petit sourire fripon.

— En fait, Neptuno n'est pas en voyage mais à son bureau, nous prenons toujours la précaution de dire qu'il est parti lorsque quelqu'un désire le rencontrer, il est tellement harcelé, le pauvre. Il lui faudrait des journées de quarante-huit heures. Ah, monsieur, pour un businessman, la vie de famille est un rêve irréalisable. Je vous demande quelques minutes...

Elle sort.

J'hésite à allumer un cigare. Il y en a plein un coffret de palissandre, à couvercle de verre, devant moi. Des barreaux de chaise plus mastars que des bâtons d'agent. Ces habanas me fascinent. Tout de même ce ne serait pas très *diplomate* de taper dans le tas. On me prendrait pour un *voltigeur* (1).

J'attends en regardant pioncer le matou. De la bestiole de luxe. Vous trouvez pas dégueulasse, vous z'autres, que la richesse s'étale jusqu'à des signes vivants ? Qu'on *fabrique* des animaux pour des gens pleins aux as ? Qu'on bricole la nature de manière à modifier des espèces ? Qu'on bute les dernières panthères de Somali ; qu'on massacre les gentils crocodiles ; qu'on estropie des clébards, les croise et les décroise afin d'obtenir d'aimables monstres sans pattes ou presque et sans museau ! Moi, j'ai honte.

Ils plongent dans la terre pour en extirper les cailloux rares. Ils éventrent les esturgeons pour leur prélever les œufs. Ils gavent les oies. J'ai honte. Honte de nous tous éperdus de jouissance. Sales connards avides de ce que ne peuvent avoir les autres. Y a des moments, je nous maudis.

Mme Farragus tarde à revenir.

C'est bon ou mauvais ?

Mon pauvre San-A., va ! Te voilà embringué dans une drôle de béchamelle ! Dites, sérieusement, pendant qu'on est seuls, répondez-moi ; vous avez déjà eu vent d'une affaire pareille, vous autres ? Tu kidnappes une frangine pour faire rendre gorge à son vieux. Premier temps. T'apprends que la pauvrette

(1) Je m'amuse, quoi !

est positivement mourante, alors tu précipites la demande de rançon. Deuxième temps. Tu carillonnes chez les dabes et, au lieu de découvrir des gens prostrés, on t'assure que tout va bien merci ! Sur quel panard tu gambilles, dans ce cas, San-A. ? Faudrait lui demander, au vieux malin qui tire les ficelles, tout là-bas depuis son burlingue parisien. Des fois que, mine de rien, il prépare ton inscription au festival de la magie, chez Coquatriste ?

La madame réapparaît enfin. Elle s'est changée et porte un délicat tailleur de toile, dans les tons saumon.

— Pardonnez-moi de vous avoir fait attendre. Venez, mon mari *nous* attend.

Je me passerais volontiers de son convoyage, vu que les discussions entre hommes sont les plus positives, mais enfin l'essentiel est de rencontrer Neptuno, vous êtes parfaitement d'accord ?

On sort dans l'éblouissante lumière. Des jets d'eau tournicotent au-dessus de la pelouse (1). Une Rolls blanche, décapotable, nous attend devant le perron. Un chauffeur noir en livrée blanche à col bleu (j'oubliais de vous préciser que la garniture intérieure de la tomobile est faite de cuir bleu) nous tient la porte ouverte.

— C'est que j'ai ma voiture, objecté-je, je vais vous suivre, si vous le permettez.

(1) J'ai failli vous placer une tirade sur les perles d'eau irisées, mais je préfère me réserver pour une meilleure occasion car nous sommes pressés.

— Mais non, je vous ramènerai ! dit Mme Farragus d'un ton sans réplique.

Elle prend place dans son carrosse. Je l'y rejoins. La Rolls démarre. Ses gros boudins chuchotent sur l'asphalte rose des allées.

Nous passons devant ma bagnole. Je suis surpris de ne pas apercevoir Béru à l'intérieur.

Mais il fait tellement soif dans ce pays !

CHAPITRE VIII

L'usine Farragus, c'est des rues, des blocs de vingt-cinq z'étages en verre teinté, des carrefours avec des feux de signalisation, des squares pourvus de bancs chargés d'affirmer à l'employé que le repos existe pour qui le mérite, des places, des restaurants, des superbes-marquettes, des voies ferrées, des autoroutes, des tours de contrôle, des trolleybus, des businessmen, des menpowers, et des powerless.

L'ensemble constitue davantage qu'un quartier : une ville. Du reste, cela se nomme *Farragus City*.

Au cœur de cet état s'élève un buildinge plus mieux beau que les autres. Avec de la verdure autour et par-dessus. En marbre blanc délicatement veiné de rose. Les vitrages sont rosés également. Le tout fait songer à une merveilleuse pâtisserie. Ce qui frappe, c'est le silence, l'efficacité, la mécanisation de cette ville-usine. Personne ne se presse, mais tout le monde est en place et agit opportunément. Ça fait songer à des rouages bien réglés.

La machine tourne rond et sans bruit, comme le moteur de la Rolls.

On stoppe devant l'entrée du grand immeuble d'apparat. Une volée de marches mobiles, recouvertes d'un faux vrai tapis synthétique, nous hisse jusqu'à un hall immense, frais, pénombreux, délicat. Des tableaux sur les murs. D'immenses fresques modernes à la gloire de Neptuno Farragus. Elles le représentent tout chiare, dans les rues de Napoli, en train de confectionner des avions de papier. Puis dans les faubourgs de Nouille-York où le futur milliardaire joue avec un pigeon apprivoisé. Ensuite, c'est la plage de Miami où Neptuno, grandi, mais encore adolescent, vend des cerfs-volants... Sa devise rutile en lettres d'or massif ; je vous la cite de mémoire : « Autant en supporte le vent. »

Je ne peux admirer la suite car Mme Farragus m'entraîne à la sienne vers les ascenseurs. On pénètre dans une large cabine d'acier rose où des haut-parleurs invisibles diffusent la Quatrième Symphonique Pneumonique de Francisco Lopez pour flûtes et râteaux. Juste qu'on est dedans, la lourde se ferme et se rouvre. J'en crois pas mes châsses : nous v'là au terminus, mes frères.

La dame rit de mon étonnement.

— Neptuno en est très fier, dit-elle, c'est l'ascenseur le plus vite du monde, et le seul qui fonctionne en encéphalotechnie. Il suffit de penser à l'étage pour qu'il vous y monte.

Je la suis en pataugeant dans mes éberluements. Nous venons de débouler dans un merveilleux jardin tropical, plein de plantes rares et d'oiseaux de même nature (comme dirait Georges Gide, à moins que ce ne fût André Bernanos). Un enchantement. On pourrait y tourner le « Retour de Tarzan ». C'est immense, féerique.

Comme on se pointe devant une haie de palétuviers, cette dernière s'anéantit dans le sol et nous nous trouvons dans une pièce plus époustouflante que ce qui précède. Une boule de cristal ! Au milieu il y a un bureau archi-vachetement moderne, en plexiglas. Autour, quelques sièges également transparents. Seule chose opaque dans cette fabuleuse bulle : une secrétaire. Mais son opacité est réjouissante car avec une carrosserie pareille, il eût été dommage qu'elle fût transparente. La demoiselle est l'archétype de ce qui se fait de mieux comme nana aux States. J'ignore combien il a fallu de croisements pour obtenir ce magnifique produit de l'art contemporain, toujours est-il que le résultat est là.

Et même, un peu là !

A quoi bon vous la narrer ? ça ne ferait que vous humecter. J'aime pas vous filer l'imaginance en berne. Après vous ramassez des baffes quand vous me lisez dans le métro. D'ailleurs j'ai reçu un ultimatum de la R.A.T.P. comme quoi fallait que je cesse les descriptions tringlantes dard-dard vu que ça occasionnait une perte de places aux heures de pointe.

Leurs services de statistiques ont calculé que dix San-Antonio par rame, ça leur représentait un manque à gagner de vingt-trois millions par an. En cette époque de compression totale, l'usager peut plus se permettre de goder en cours de trajet. Ou alors faut qu'il acquitte un supplément. On est en train d'envisager un système avec mon éditeur. Je récrirais des bandocheries, mais on joindrait des coupons détachables à chaque ouvrage. Le mec qui se mettrait à triquer aux heures d'affluence donnerait un bon d'érection à la compagnie et, nous autres, au Fleuve Negro, on acquitterait le montant de l'excédent de bagages. Ça serait déductible des impôts, paraît. On aurait que la T.V.A. pour nos pieds. Mon nez dix teur a calculé qu'en majorant le prix de chaque bouquin d'un millier de francs lourds, il parviendrait à s'en tirer. Pendant que tout ça transactionne, moi j'accumule les pages croustillantes, espérez un peu ! J'en ai déjà quatre pleines malles. Le jour que je vous répands ça sur le marché, mes drôles, les myopes ne pourront plus lire les affiches collées aux murs.

— Oh, bonjour, madame Farragus ! déclame la fringante secrétaire.

Elle porte une combinaison en cuir métallisé qui s'arrête au sommet des cuisses et des bottes assorties qui lui montent au-dessus des genoux. C'est la tenue des hôtesses de l'air de la Compagnie *Air-Farragus*. On devrait plutôt les appeler les ôteuses d'air, ces fifilles ainsi accoutrées ! Tu parles qu'on suffoque devant un tableau de cette qualité.

— N. F. vous attend, dit-elle (1).

(1) Pour tout vous dire, Farragus se prénomme Neptuno Roberto ce qui donne N.R.F. Comme on veut pas avoir de suif avec Gallimard je lui ai sucré son second prénom. Faut être corrèque, comme dit Béru.

Elle presse un bouton de sa combinaison.

— Vot' dame est là avec un type ! annonce-t-elle.

Moi, une chose m'intrigue. Compte tenu du fait que nous nous trouvons à l'intérieur d'une boule de verre,de quelle manière allons-nous « passer » dans le bureau du milliardaire, hmmm ?

— Très bien, faites-les asseoir ! dit une voix dure et sèche, sortie de jeune seize houx.

La gonzesse nous montre deux fauteuils. On prend place. A peine éprouvé-je une sensation de vibration. Vlouuum ! Je me retrouve à laitage inférieur, dans le cabinet de l'empereur Farragus.

— Sièges ascenseurs ! m'explique l'impératrice.

*
* *

Il a une sacrée belle gueule, Neptuno. Ce qui me surprend, de prime abord, c'est son âge. Il est plus jeune que je ne supposais, malgré ses tempes argentées. Il est très hâlé. Il a les yeux clairs. Sa fille lui ressemble. Un beau mâle ! Il sue l'énergie, ce qui est beaucoup mieux que de suer des targettes. Ses traits sont réguliers. Le nez droit. L'œil en amande, la pommette à angle droit. On devine illico qu'on a affaire à un julot d'une classe exceptionnelle. Ce mec, vous le dépouilleriez de sa fortune et le lâcheriez en slip cradingue au fin fond de Harlem, le mois suivant il roulerait en Cadillac et vous ferait servir des Tom Collin's par son contremaître d'hôtel.

Y a des zigs *like this* (1) que la fortune leur colle à la peau presque malgré eux. Des gars, ils voudraient se débarrasser du fric, ils pourraient pas plus qu'un paralytique entortillé dans un papier tue-mouches ne peut retrouver sa liberté de mouvements. Le grisbi, chez eux, c't' une malédiction, comme qui dirait. Ils sont fortunés comme d'autres sont asthmatiques.

— Hello, chérie chérie ! il lance à sa bobonne.

Pour moi il a un grave hochement de tronche. Son regard gris métallisé m'investigue copieusement. Neptuno, il pèse ses interlocuteurs. Te leur dresse en moins de rien leur fiche signalétique. Personne ne doit avoir barre sur lui. Il sait manœuvrer les durs à cuire, les filous, les retors, les dégourdis, les suaves, les insidieux, les tourmentés, les fumelards, les grincheux, les procéduriers, les somptueux, les radins et beaucoup d'autres que leur nomenclature me fait tarter et que je vous laisse le soin de compléter si bon vous semble, bande de manches !

Je me présente dans les tons sobres.

Il écoute mon nom, l'enregistre dans son ordinateur à cheveux et passe ses deux pouces dans les tiroirs de son gilet.

— Qu'est-ce que c'est que cette histoire ? demande Farragus très calmement, presque nonchalamment, en type qui jamais n'aura rien à redouter de personne.

Ses yeux de séducteur ne me lâchent pas. Moi, vous me connaissez ? J'efforce toujours de m' hisser à

(1) Je manipule un anglais impec.

hauteur de situation. En face d'un personnage aussi catégorique je le deviens.

— Eh bien, voilà, monsieur Farragus, dis-je en chiquant le plus total détachement, votre fille a été kidnappée hier en début d'après-midi, et il est à redouter que ses jours soient en danger.

Le constructeur de zoiseaux à réaction ne bronche pas.

Ou presque pas, car tout de même il presse une touche noire logée avec d'autres touches de différentes couleurs dans le corps de son bureau.

— Oui ? fait une voix féminine.

— Branchez-moi la « Résidence » ! ordonne le milliardaire.

— Parfaitement !

Le temps de compter jusqu'à dix. Et puis une voix retentit, aussi présente que celle de la standardiste.

— Steve, en ligne, monsieur Farragus !

— Salut, Steve. Passez-moi ma fille, je vous prie.

On ne pipe pas. Mme Farragus contemple, dans le vague, des trucs qui paraissent lui donner à méditer. Son mari continue de me regarder calmement, sans me livrer la moindre de ses pensées.

Une nouvelle voix s'élève dans la pièce.

— Bonjour, daddy, quelle bonne surprise !

C'est la voix de Pearl, mes amis !

J'en mettrais la main de masseur à couper. Bien sûr il existe des imitateurs. Mais mon ouïe est formelle. Je reconnais les inflexions de la jeune malade. La cadence de sa respiration, la manière dont elle laisse tomber la dernière syllabe...

— Je tenais à prendre de tes nouvelles, ma chérie.

— Tu es gentil, Daddy. Ma foi, cela va comme d'habitude. J'ai eu une transfusion il y a trois jours...

— Tu n'as besoin de rien ?

— Non, c'est parfait. Vous venez ce week-end ?

— Naturellement, mon chou. Je t'embrasse.

— Moi aussi, Daddy !

Un bruit de baiser. Puis c'est le silence.

— Alors ? me demande Farragus.

Une nuit j'ai rêvé que je dormais et que je n'arrivais pas à me réveiller. Je me débattais dans de louches empêtrements. Tenez, je vais user d'une image hardie. Vous savez que je ne rechigne jamais devant les métaphores les plus culottées ? Eh bien je me faisais l'effet d'être une mouche dans une toile d'araignée ! Voilà, c'est lâché !

En ce moment j'éprouve les mêmes affres. Un affolement paralysé. Le cloaque. Plus tu remues plus tu t'emberlificotes !

— Ecoutez, monsieur Farragus, vous allez me juger obstiné, cependant j'aimerais que vous alliez faire un tour à Miami Beach. Je suis prêt à vous y accompagner. Si vous pouvez me présenter à mademoiselle votre fille, je me mettrai à croire au surnaturel et je ferai une cure dans une maison de tout repos.

Il hoche la tête.

— Navré de ne pouvoir vous donner satisfaction, monsieur San-Antonio, malheureusement j'ai un emploi du temps très serré. Cela dit, vous pourrez aller à la « Résidence » si vous tenez à voir ma fille. Je vais vous faire accompagner.

Pour la première fois il a un sourire.

Il presse de nouveau sa touche noire.

— Oui ?

— Passez-moi Allison, le chef de la police.

Je sens perler des gouttes de sueur à chacun des nombreux poils qui se portent garants de ma virilité.

Evidemment, ça ne pouvait se conclure autrement. The monumentale tuile, mes bons mecs. Mettez-vous à la place de Neptuno, est-il concevable qu'il agisse autrement ?

Je balance un regard en forme de S.O.S. à Mme Farragus. Commako, d'instinct. Je l'appelle à l'aide, cette belle dame au maintien digne et élégant. Avec les gerces y a pas de milieu (si j'ose dire). Ou bien elles vous foutent à l'eau, ou bien elles vous repêchent.

Toutes celles dont j'ai usé furent à l'origine de mes plus grands bonheurs ou de mes plus noirs emmerdements. Parfois la même me servait les deux menus l'un après l'autre !

Message reçu ! Il y a une lueur amie dans sa prunelle.

— Neptuno, murmure-t-elle.

— Chérie chérie ?

— Attends, annule !

Elle a eu un geste péremptoire pour ponctuer. Le roi de la-raie-au-note-tique se soumet après un fragment d'hésitation.

— Annulez l'appel ! fait-il.

— Parfaitement !

On cause à l'éconocroque dans la boîte. Juste le triste nécessaire, comme dit Béru. Farragus interroge son épouse du regard.

— Je ne sais pas pourquoi, murmure-t-elle, mais j'ai envie d'aller à la « Résidence » avec cet homme.

— Il est dommage que tu ne saches pas pourquoi, relève doucement Neptuno. Moi, j'aimerais savoir les raisons exactes de sa visite.

Il claque des doigts et me lance en montant légèrement le registre (comme on dit chez les archivistes) :

— Réponse ?

Je me lève.

— Monsieur Farragus, votre temps est trop précieux pour que je me permette de le gaspiller. Je remercie Madame de bien vouloir m'accompagner à la « Résidence ». Si vous permettez, nous reprendrons cette conversation à notre retour ?

Une fois encore il paraît peser le contre.

— O.K. ! Seulement, Ann chérie, je vais te faire escorter.

— Le chauffeur suffira, déclare-t-elle.

— Sûrement pas.

Cette fois, c'est lui qui tranche.

Il appuie sur une touche bleue.

— Beulmann ! appelle-t-il.

— Oui, monsieur Farragus ? s'empresse une voix qui ressemble à un mixer broyant des noix.

— Vous allez escorter ma femme jusqu'à la « Résidence ». Elle est accompagnée d'un homme qu'il ne faudra pas perdre de vue, compris ? Un homme que je tiens absolument à revoir au retour, n'est-ce pas, Beulmann ?

— N'ayez aucune inquiétude, monsieur.

Neptuno coupe le contact et s'approche de son épouse. Il la saisit par les bras et l'embrasse doucement sur les lèvres. Je sens un frémissement chez Ann Farragus. Croyez-moi si vous avez du temps de reste, cette femme est une sensuelle malgré son air distingué. Pas besoin de louer un marteau-piqueur pour lui déclencher des réactions.

Cette fois, on sort par une porte.

Tout culment.

*
* *

Moi, voyez, le gars Beulmann, j'aurais un peu de temps j'en ferais un poster.

Il a une gueule de poster.

Et même de postère.

Déjà, pour mesurer 1 mètre 97 faut y mettre du sien, convenez. Mais pour surmonter c't' édifice de bidoche d'une frime comme la sienne, faut que des tas de gens y aient mis du leur.

On l'aurait attaché par les pinceaux au pare-chocs arrière d'une Ferrari et on l'aurait emmené promener de Paris à Pékin en évitant les routes goudronnées, il serait pas plus endommagé, le mammouth. Ses arcades sourcilières sont proéminentes comme deux poings de déménageur. Son nez ressemble à une escalope. Sa bouche a pété tant de fois, et en tant d'endroits, qu'elle évoque un steak tartare au milieu duquel on aurait fait un trou. Ses pommettes violettes ont l'air de deux tubercules primés dans un comice agricole. Il a la peau grise, presque verte. Ses yeux sont vifs et ardents comme deux raisins de corinthe. Ses cheveux noirs, clairsemés, adhèrent à son crâne cabossé comme une foule de petites moustaches postiches.

Lorsque nous opérons notre jonction avec lui, dans l'antichambre, il vient à moi d'une démarche de bulldozer, se tourne et me palpe prestement, de haut en bas. Certain que je ne trimbale pas d'armes, il hoche l'énorme chaudron qui lui sert à comprendre les « Comics » dépassant de sa poche et grogne un « go » qu'on s'attend à voir ponctuer d'un crachat.

La Rolls.

Beulmann me fait monter devant, près du chauffeur et s'avachit derrière au côté de la patronne. Il actionne le système de blocage des portières, ôte son feutre marron à large bord et le dépose sur ses genoux.

Je pense à Béru qui moisit devant la crèche des Farragus. Il doit commencer à se cailler le raisin, Pépère.

— Pouvons-nous repasser par chez vous ? demandé-je à mon hôtesse, ma voiture s'y trouve et...

— Non ! coupe sèchement Beulmann.

Un plantigrade, ça ne raisonne pas. Les bonnes gens s'imaginent que les ours, tout comme les mouches, s'attrapent avec du miel. Je voudrais qu'ils s'exercent sur ce chéri, pour voir. Moi, je m'en sens pas le courage !

Touchez pas au grizzli !

CHAPITRE IX

C'est pas un loquace, Beulmann.

Pour pouvoir engager la conversation avec lui, faudrait un gros maillet de bois et mettre de la vaseline autour. Je contemple les deux passagers de l'arrière. Couple singulier...

Ann Farragus, grave, d'une distinction presque européenne, silencieuse. Réprouvant visiblement cette présence qui lui est imposée par son prudent mari.

Beulmann, énorme, dont les fringues semblent prêtes à craquer de toutes parts, respirant fort, suant beaucoup, puant de même. Il chlingue la chaussette inchangée, la transpiration de rouquin (bien qu'il soit plutôt brun). Il a l'air de penser qu'il devrait essayer de penser. Ça lui occasionne du souci sur la frite, autour des yeux. Y a du doute chez ce mec, à l'encontre de Béru qui, lui, flotte dans des plénitudes et des sérénités. Il appartient à la race préoccupante du con tourmenté.

— Vous êtes toujours flanqué d'un gorille, lorsque

vous vous déplacez, chère madame Farragus ? je demande.

Elle ne répond rien, mais Beulmann pousse un léger barrissement et lève sa grosse pogne pour une mandale.

Sa patronne lui retient le bras. A mon côté, le chauffeur s'efforce de sourire avec discrétion. Seulement il est duraille à un Noir de camoufler ses rires. Dès qu'il découvre ses ratiches, tout de suite c'est l'éblouissement. On est obligé de chausser des lunettes de soleil.

— Un des inconvénients de la fortune, c'est qu'il faut la faire garder, ajouté-je. Cette perspective me console de ne pas être riche. Je vivrais difficilement avec des sentinelles et je suis tellement linotte que j'oublierais la combinaison de mes coffres...

— Je ne suis pas riche, rétorque Ann. C'est mon mari qui l'est. J'ai passé la plus grande partie de ma vie dans une aisance très relative...

Juste comme elle dit cela on stoppe à un feu rouge. Et c'est alors que l'incident se produit. Une voix joyeuse se met à égosiller des « hello Tony ». Je me détranche et qu'aperçois-je, à califourchon à l'arrière d'une énorme moto ? Julia, la polissonne fifille au gros Black. Elle tient ses deux bras noués à la taille d'un grand diable blond, dont la chevelure à ressort ressemble à une fourchetée de paille. Ils sont en jean, avec l'un et l'autre des tee-shirts noirs sur lesquels on a peint une chouette tête de mort. La moto fait je ne sais pas combien de cylindrée (c'est vous dire !) et comporte un immense guidon pareil aux cornes d'un mouflon.

— Salut, môme ! lancé-je gaiement. Vous voilà en vadrouille ?

— J'adore la moto, c'est excitant, m'assure la donzelle. Je fréquente Franky à cause de ça, uniquement à cause de ça, parce qu'autrement il fait l'amour comme un pasteur !

Elle me cligne de l'œil :

— Rien de commun avec qui vous savez, Tony !

— Et chez vos vieux, ça boume ? coupé-je promptement, avant que nous tombions dans le scabreux intégral.

— Au poil, P'pa est toujours aussi con, et ma belle-mère toujours aussi salope !

Le feu palpite, signifiant qu'il va changer.

— Il se portait bien, le gros Black, hier soir ? demandé-je avidement.

— Comme un goret repu, affirme l'irrévérencieuse fille. Pourquoi vous me demandez...

On est reparti. Le gars Franky doit pas apprécier le bagout de sa passagère car il déménage à bloc. Sa péteuse pousse un rugissement forcené et fonce en avant, nous semant un poivre noir. En un rien de temps elle a disparu.

— Vous avez de pittoresques relations, monsieur San-Antonio, murmure Mme Farragus en regardant ailleurs.

Je ne réponds pas. Je pense au gros Black, moi. V'là un bonhomme qui a vécu un épisode pas banal, hier, vous me l'accorderez ou vous irez vous faire foutre. Il a participé bon gré mal gré à un kidnapping. A été endormi au gaz Fédodo. Et puis il est rentré tout joyce à son domicile et n'a pas soufflé mot de cette aventure. A peine croyable, hein ? Dites, j'aurais pas rêvé tout ce bigntz, mine de rien ? Des fois qu'on m'aurait farci au L.S.D., en douce ? Pour me faire une blague ? Non, vous n'êtes pas de cet avis ? Vous pensez que tout ça procède d'une machination ? Alors expliquez, j' suis preneur. Comment ? Vous n'avez pas d'explications ? Eh ben alors, pourquoi vous me flanquez votre grain de sel, espèce de branques ! C'est tout vous ! Interrompre pour ne rien dire ! Me faites penser à un de mes condisciples, jadis. Quand y avait interro en classe, il était le premier à lever le doigt. Chaque fois le prof s'y laissait prendre. « Je vous écoute, Duniais, c'est quoi t'est-ce, les comptoirs de l'Inde ? » Et invariablement, l'autre truffe demandait la permission d'aller aux chiches.

Vous devez bien comprendre que je suis en plein cirage, bon Dieu de bois ! C'est pas le moment d'ajouter vos vents à mon trouble ! Fermez-la ! Tout ce que vous avez à dire, votre anus peut l'exprimer. Vous n'avez pas besoin d'un dictionnaire pour alimenter votre conversation, mais d'un plat de cassoulet.

Bon, Black n'a rien dit. Mieux : selon sa pétasse de fille, il semblait particulièrement heureux. Pourquoi ? *Parce qu'on lui avait ciglé de la fraîche pour qu'il la ferme !* Ah cet enlèvement, on en reparlera ! D'ordinaire c'est la monstre chasse à l'homme.

L'hallali contre le malfaisant kidnappeur. Les routes barrées, les gares et aérogares surveillées. L'effervescence dans le mitan. Tous les indics sur le pied de grue ; toutes les grues sur le pied de guerre.

Un tohu qui va jusqu'au bohu inclus. L'état de (saint) siège ; le siège de l'Etat. Les ministres qui pathétisent à la téloche. La une, la deux, la trois des baveux ! Le kidnappeur doit user de ruses diaboliques pour se faire carmer la rançon. Il se met la cervelle en quatre, histoire de trouver des astuces assurant sa sécurité. Mais San-A. pour son premier rapt, que fait-il, lui ? Il secoue les revers de papa-maman, leur jure que leur grande fille a bien été enlevée. Ne sait comment le leur prouver...

On roule.

La route est dégagée. La Rolls fonce à bonne allure.

Le chauffeur n'est pas un téméraire, d'ailleurs on ne lui permettrait sûrement pas, mais il sait piloter une bagnole de maître pour lui faire cracher la bonne moyenne.

Beulmann continue de me surveiller.

*
* *

Ça me fait un drôle d'effet de retrouver la route fleurie de la « Résidence ».

On s'annonce à proximité de la barrière. Un garde se pointe. Je rêve que ce soit Black. Mais ce n'est pas lui. L'homme retapisse la Rolls et se grouille de lui donner le passage.

Il fait frais sous les ombrages. Y a des senteurs eucalyptines. On entend gazouiller des oiseaux rares et glouglouter des jets d'eau dans des vasques de marbre. L'homme a une notion de Paradis qui, Dieu merci, repose sur la nature. Pour lui, la vraie fortune c'est avant tout des végétaux, de l'eau courante et du soleil.

On tourne dans l'allée conduisant chez Farragus. Je suis reporté à hier tantôt... Je revois le portail blanc...

Le driveur arrête la tire et va s'expliquer au causophone. Les deux vantaux s'écartent. Je reconnais le portier dont Pinuche a farci les narines, hier, au gaz délétère. La Rolls s'avance comme s'est avancée ma voiture, la veille, lentement, sur un lit de petits cailloux roses. Là-bas, la terrasse avec ses meubles de jardin et ses parasols.

On devine une femme allongée dans un transat. Une femme en maillot de bain...

Je me dis très exactement ceci : « Et s'il s'agit de Pearl, San-A. ? Suppose que tu découvres bel et bien la môme kidnappée, au bord de cette piscine. Comment ferais-tu pour *penser normalement* après un coup semblable ?

Ne deviendrais-tu pas dingue alors ? En somme, la folie, ce ne serait pas la conséquence de phénomènes auxquels ne croit que la personne qui les a subis ? Un dingue est un individu dont la vérité n'est pas celle des autres. Ou alors il est un sage cerné par près de trois milliards de jobrés.

La Rolls stoppe en bordure de la terrasse. Le

loufiat en veste blanche apparaît, poussant un plateau monté sur roulettes. La fille en maillot abaisse le journal qui nous la dissimule.

Ce n'est pas Pearl Farragus.

Ann va-t-elle prétendre le contraire ? Si oui, la maldonne viendrait de là. Machination ou erreur sur la personne, à ce point précis de l'aventure se situerait la faillite de ma vérité.

La môme en maillot est blonde, avec de longs cheveux, une constellation de taches de rousseur vraies ou fausses, un regard noisette.

— Oh, madame Farragus, quelle surprise ! s'écria-t-elle en se dressant.

— Bonjour, Maud, dit la femme de Neptuno !

Ouf !

— Pearl n'est pas là ? continue-t-elle.

— *Elle est dans sa chambre, madame.*

Pour le coup je « désoufe » (1).

Douche écossaise à répétition, mes darlinges.

— Qui est cette personne ? demandé-je à voix basse et à Mme Farragus ?

— L'infirmière de Pearl.

La nana est sublime, mes chers camarades de con bas. Et quand je dis sublime, j'arrive à peine aux genoux de la vérité ! Je ne lui aperçois même pas le pubis. Une gerce, il ne suffit pas qu'elle soit jolie. La beauté, c'est le coup de *polish* sur la carrosserie de votre voiture neuve. Du superflu. Un raffinement.

(1) Certains puristes mettent deux « f » à désoufer. Grand bien leur fasse !

La seule chose qui soit vraiment importante, chez la femelle de l'homme, c'est son charme. Elle peut être jeune ou vioque, épaisse ou maigre, uniquement compte le charme.

La prénommée Maud en possède à revendre. Ah ! ce que je voudrais l'entreprendre, cette bioutifoule mademoiselle ! Tiens : loquée en infirmière. Avec des bas blancs ! Sur ses jambes dorées, le bas blanc doit parler net à l'imagination. Ne rien lui cacher. Y en a qui prônent le bas noir. Oui, je veux bien, mais c'est classique. Ce qu'il y a, dans le bas blanc, c'est qu'il ne supporte pas la médiocrité. Sur une gonzesse passe-partout, il devient impitoyable. Il fait « maladie de peau ». Il écœure.

M'est survenu de culbuter une fifille, un soir, dans un hosto. Elle était de garde. Moi aussi. Pendant les lutineries, je m'étais pas gaffé de ses bas blancs. C'est seulement lorsqu'elle m'a fait le « V » de la défaite avec ses jambes que je les ai vus. La frangine était un peu tarte, soit avoué entre nous, mais vous savez ce qu'on dit ? « La nuit, tous les chats sont gris... » Arrive l'heure où l'homme le plus exigeant cesse de l'être pour se lancer dans des consommations courantes. V'là donc que je m'avise des bas blancs de la môme. Elle avait des gambettes maigrichonnes, genre chèvre des maquis corsicos. Avec des poils tirebouchonnés qu'on apercevait au travers des mailles. Tudieu, mes drôles, une nausée m'empare. Mon appétit s'en va de moi comme la rosée s'en va de l'herbe lorsque le soleil vient... Je l'imagine chetouillée, la pauvrette. Eczémateuse, vénérienne en diable ! Je crois lui déceler des plaques redoutables des plaies suintantes, des avaries sinistres. « Sapristi ! me suis-je exclamé ! Et moi qui allais oublier mon rendez-vous avec mon chef ! » Je me remballe, me rajuste. Je me barre... Honteux, certes. Mais délivré. La honte n'est rien lorsqu'elle représente la rançon de la délivrance.

Pour vous en revenir, cette petite Maud m'inspire farouchement, comme ça, d'autor. Question de contact. Faut pas longtemps pour donner la lumière. Suffit de titiller un commutateur. Je la mate intensément. Elle reçoit la décharge. On se comprend. On s'admet. On se fait l'amour avec les yeux !

— Montons voir Pearl, me dit Ann Farragus.

Je la suis. Maud nous suit !

L'intérieur de la villa ? Un rêve... D'abord un vaste livinge au sol carrelé en provençal vieilli. Des meubles comme j'aime. Des couleurs qui vous gazouillent dans la rétine... Des senteurs de fleurs fraîchement cueillies. Bref, tout ce qui peut emballer le bonheur est réuni dans cette maison ensoleillée.

A l'autre bout de la vaste pièce s'amorce un couloir crépi d'un enduit blanc. Deux aimables Wlaminck s'y font face. A l'extrémité du bref couloir, il y a une porte ancienne, de style espagnol, à petits caissons. Je vous précise la chose parce que je suis amoureux de certains styles et qu'il m'est impossible de les passer outre quand j'ai le bonheur de les croiser sur ma route.

De l'autre côté de la porte, on entend de la

musique. Fortissimo. Lionel Hampton, je crois bien. Y a du xylophone à tout va.

Ann Farragus toque à la lourde.

Personne ne répond, la musique continue. Elle me regarde. Pour la toute première fois, je devine de l'indécision chez cette femme énergique. C'est très confus, à peine décelable, pourtant, un doute l'effleure.

— Pearl ! appelle-t-elle en réitérant ses toc toc(s).

Toujours rien.

Elle tourne le loquet.

En vain : c'est bouclé depuis l'intérieur.

A présent, l'anxiété sans fard transparaît sur le beau visage de Madame Farragus bis. Elle secoue la poignée avec une frénésie qui va brioche (1).

A la fin, elle quête de l'aide du côté de Beulmann.

— Je suis inquiète, dit-elle simplement.

— Permettez, mâme, rétorque l'autre en s'arcboutant.

Je ne voudrais pas être à la place de cette porte, moi je vous le dis. Tu parles d'un missile, maman ! Un dominissil, oui ! Si je puis ajouter sans porter atteinte à la mémoire du regretté Charlemagne. Une masse pareille, lancée à toute vibure, ça devrait percer la coque d'un porte-avions, du moins la cabosser !

Vous verriez la gravité de ce mâle visage, au moment du rush, vous ne pourriez qu'admirer la vigueur des traits, le déterminisme de l'expression, la

(1) Car toujours dire « croissant » finit par fatiguer.

farouche concentration de l'athlète, la force convaincante de tout l'individu aux muscles bandés. Il se jette sur ce panneau de bois comme un taureau sur une vache en chaleur.

« Vrrraaaaoum ! » crie la porte en s'émiettant.

Sur sa lancée, le gorille a franchi trois mètres dans la chambre de Pearl.

Et soudain c'est Pearl à rebours.

Une fusillade éclate. Tellement nourrie que le gros Beulmann en a une indigestion d'existence. Il rend son âme sur le tapis corail qui se met à foncer sous les flots de raisiné.

Ce qui se passe est indescriptible, mes pauvres biquettes. Hallucinant !

Quatre mecs en cagoule surgissent, armés de pétards fumants comme des étrons frais émoulus dans la froidure hivernale. Ils se jettent sur nous. Nous matraquent sauvagement, à grands coups de crosses. J'essaie de lutter. Je tire quelques marrons, à la volée, mais ma stupeur est trop forte pour que je puisse assurer mes crochets. Je morfle une grêle de gnons un peu partout. J'ai illico un goût de sang dans la bouche et des cloches plein mon crâne. Ces carnes utilisent leurs panards également. Je bloque une ruade dans les aumônières qui me fait remonter mon foie, mon estomac et mon cœur dans la bouche, la douleur est intolérable.

Tellement que je la tolère plus et que je m'évanouis sans prendre le temps de me foutre aux abonnés absents.

CHAPITRE X

Une odeur âcre de suie et de fer rouillé.

J'étouffe.

Je voudrais esquisser un geste, manière de me désankyloser, mais pensez-vous ! Ligoté avec du nylon, il est, le San-A. Et on a tellement serré qu'il doit ressembler à une tête de veau prête à cuire. Pas moyen de crier, voire seulement de vagir.

Respirer est un problème difficilement soluble car, si ces messieurs cagoulards m'ont aimablement laissé l'usage du nez, ils ont par contre tellement savaté celui-ci que mes narines pleines de sang séché laissent à peine passer l'oxygène. Et pourtant, hein, l'oxygène ça se faufile !

Tout mon corps me fait mal. J'ai des lancées. Je brûle et je frissonne. Je claquerais des chailles si je n'avais une plaque de sparadrap large comme ma main appliquée sur la bouche. Vous dire où je me trouve m'est impossible car l'endroit est totalement obscur, à moins que je ne sois totalement aveugle. Je ne dispose que des odeurs, et c'est d'autant plus surprenant que je respire à peine. A se demander, parfois, si les senteurs ne nous pénètrent pas par capillarité.

Je vous le répète, ça pue la suie et la rouille. Attendez, y a un bruit également, j'oubliais. Un bruit régulier, sourd et vibrant. Je dois gésir dans un local métallique assez vaste. Un local contre les parois duquel quelque chose cogne sur un rythme continu. S'agirait-il pas de la mer ? Floc... tchaouf ! Floc... tchaouf ! Oui, on dirait. Alors je me trouverais dans les flans d'un barlu ? Pourtant le sol ne bouge pas. Mais alors pas d'un chouïa. J'enregistre ni tangage ni roulis.

Quelle chiasserie !

Je me mets à maudire le Vieux pour son insatiabilité. Après tout j'avais réussi l'opération follement délicate qu'il m'avait confiée, à savoir le kidnapping de la petite Farragus. Au lieu de me congratuler, cette vieille savate m'a chargé de beurrer la tartine.

Il en réclame trop, le Tondu. Un jour on laissera son bulletin de naissance dans la cuvette des gogues, c'est certain. Et il restera quoi donc, de San-Tonio, hmmm ? Quelques moues dédaigneuses sur la bouille malsaine de ses ci-devant contemporains. Moi, si je vous disais, la seule gloire que j'estime vraiment enviable, dans l'histoire française, c'est celle de Fontenelle. Tout le monde en a entendu causer de ce gus. Pas à cause de son œuvre, que je mets au défi n'importe qui de me la préciser ; mais à cause de son âge. Il a vécu cent ans, tout rond. C'est ça qui l'a rendu célèbre. Qu'il eut tété bel esprit, neveu de Corneille, membre de la *Gaga démis* ne fait rien à la chose. Sans son admirable grand âge, le gars Fontenelle restait inaperçu. Seulement il a vécu cent ans à une époque où on clabotait à quarante. Là se situe l'exploit. En existant pendant cent années, il est devenu immortel. Moi, ma seule chance de me survivre, c'est de rescaper, comprenez-vous ? Je ne peux pas me maintenir sans moi : je me suis trop indispensable.

Mais trêve de gambergeries fumeuses. Malgré la totale obscurité environnante, faut que j'essaie de voir clair dans tout ça. A moi Wonder, Mazda et consorts ! Que la lumière soit !

Je me dis tout à peine ces mots pour stimuler mon énergie que me voilà exaucé. Un carré de lumière se découpe soudain au-dessus de ma tronche, consécutivement à une trappe soulevée. Pendant un bref instant, je ne vois que le bleu du ciel pailleté d'or (si vous n'aimez pas la grande littérature et que vous biffiez mon « pailleté d'or », faites gaffe de ne pas trouer la page : je me propose d'écrire des trucs un peu pas mal de l'autre côté. Merci). Et puis qu'aspers-je, mes gentils connards ? Une paire de fesses tout plein mignonne.

Fesses de dame, bien sûr et certain. Même de belle fille. Dargif superbe, avenant, bronzé. Timidement affublé d'un slip noir à dentelle. Le restant de la demoiselle est nu. Dans la belle clarté du jour floridien, je constate qu'on a joué un vilain tour à la pauvrette. Elle a du sparadrap sur les yeux et sur la bouche. De plus, on a lié ses chevilles et ses poignets à l'aide de la même saloperie de corde, d'où il s'ensuit une délicate position en arc de cercle. La corde que je vous dis est très longue car, avec ce qui reste, on déshale l'arrivante jusqu'en mes profondeurs.

Je crois reconnaître cette personne. Sa chevelure d'or, longue et soyeuse, ce corps parfait, éclaboussé de petites pastilles cuivrées (1)…

La belle infirmière aperçue sur la terrasse des Farragus lors de notre arrivée ?

Oui, je gage.

J'engage !

O le ravissant postérieur que voilà !

Qui s'approche en tournoyant au-dessus de mon regard fasciné comme un bel oiseau cherchant la branche propice.

Je devrais profiter de la clarté momentanée qui m'est offerte pour zyeuter les lieux. Mais non, qu'importe ! Je préfère me consacrer à ces merveilleuses fesses ! Et ma scrutation m'amène vite à une conclusion, mes très chers frères : contrairement à ce que j'estimais, Maud ne porte pas de slip noir. Non, simplement, elle n'est pas blonde naturellement, la mâtine !

De bon matin, j'ai repéré le train…

V'là que je fredonne à c't' heure !

Sur moi, donc, cette croupe s'avance…

Je vous parie une pipe en bruyère contre une pipe ancillaire que cette présence va calmer mes affres.

(1) Merci, San-Antonio : ça c'est une leçon de style ! (Frédéric Dard.)

Ah ! que n'ai-je les mains libres pour l'accueillir, pour la cueillir, pour amortir l'impact de ce cul impérial !

Un léger choc. Le sifflement de la corde lâchée. La trappe se referme.

Noir complet ! comme on dit dans les scripts de film. Au cinoche, le noir est une ponctuation. Ici, il est devenu la toile de fond de nos infortunes bienheureusement réunies.

Au cœur des ténèbres, je pense à ce bon roi Tantale et à son supplice du même nom ! Et encore, lui, on ne chahutait qu'avec sa faim et sa soif (quand je pense qu'il était plongé dans le Tartare et qu'il rêvait d'un steak), tandis que pour bibi c'est moultement plus grave. En panne de sens, mes choutes. Obscurité complète. Membres entravés. Bouche cousue ! Me reste qu'un poil d'odorat et l'ouïe. Faudra faire avec les moyens du bord. Je grogne pour signaler ma présence. Un vachissement me répond. Ainsi, sans doute, s'élabora la première conversation, dans les cavernes de la nuit des temps...

Je tourne sur moi-même, à l'image de la chère vieille planète qui a l'amabilité de m'héberger. Cette manœuvre m'amène contre Maud.

Et croyez-le : je ne suis pas contre !

J'ai un élan protecteur. L'homme, il fait semblant de protéger la femme, mais en réalité il s'y blottit. Sa vraie demeure, pour la durée du monde, c'est la femelle. Partout ailleurs, il n'est que locataire, pas même : client de passage. Il ne peut être sédentaire que dans la femme.

Je regrogne, elle revagit. Je me frotte, elle fait pareil.

Vous parlez que mon désir de délivrance s'accroît (et s'abannière) à mesure et au fur que j'augmente de volume ! Je me dis à peu de choses loin ceci : « Mon petit homme, à partir du moment que deux êtres ligotés sont en présence, ils peuvent se délivrer. J'ai pu le constater au cours de précédentes aventures dont je ne vous dresse pas la nomenclature ici, mais que vous trouverez en feuilletant mes zœuvres complètes (en vente dans toutes les bonnes épiceries sous emballage cellophane). Combien de fois ça m'est arrivé d'être saucissonné dans un fondement de basse-fosse et de me délivrer ? J'ose plus compter. Ça fait partie des recettes à tante Laure, comprenez-vous ? On ne peut rien contre ou alors faut changer de labeur !

Tu vas trouver un toubib because tu patraques, il fait quoi, l'homme de lard ? Il te mate la gorge, t'écoute les soufflets et te palpe le bide. Un point c'est toux ! Il n'a que trois recettes à sa disposition pour débusquer l'origine de ta malfoutance. Nous autres, hauteurs de romans policiers-d'espionnage-angoisse, Dieu thank you, on jouit d'une gamme plus étendue.

Si je raie-capitule, t'as, deux points ouvrez les guillements : « La maison mystérieuse (avec ou sans cadavre), la vamp (aux en chairs publiques) qui te séduit et t'arnaque, le coup de goumi derrière la noix qui t'évanouit (1), la séquestration en des lieux impossibles (comme moi présentement), l'évasion (comme moi tout à l'heure), la torture (subie ou infligée), le coup de théâtre (style ton père n'est pas ton père), l'appât (tu fais croire qu'un gars est encore vivant, alors qu'il est roide, pour attirer le criminel), la poursuite infernale (réalisée avec les moyens de locomotion les plus divers, le meilleur pourtant restant l'automobile, parce que tout un chacun sait piloter une voiture et peut donc s'identifier aux conducteurs) ; t'as l'hold-up (un beurre à cause des deux volets : préparation et réalisation), t'as le coup de la bombe à retardement (ça doit péter, tu le sais, mais t'es trop loin, ou tout près mais entravé), t'as le gadget meurtrier, que sais-je ?... Néanmoins ça ne pisse pas loin. On a du mérite, vous savez.

Moi, je serais président de la République, aussi sec je stoppe tous les romanciers et je leur cloque une pension. Voilà, terminé ! Plus de farfadaises ! Et les grands aussi je les immobilise. Avant les petits, parole ! Parce qu'alors, eux autres de la vraie littérature, ils indigentent que c'en est affolant. Ils n'ont pas trente-six sujets, ils n'en ont qu'un : « Toi, moi et l'autre. » Ou bien alors leurs souvenirs et c'est franchement chiant. Interdiction de continuer la déconnance. On leur refile un fromage discret, comme à Mathieu qui se tape les affiches de la Loterie. Un truc pour rewriter le *Journal Officiel,* ou

(1) D'accord, ça se conjugue pas ainsi, mais c'est mon éditeur qui paie l'imprimeur, non ?

bien rédiger les textes électoraux. En somme je fais de tous ces écrivains privés (de moyens) des écrivains publics (enfin !) »

Mais brèfle, je vous éloigne du vif de mon propos, lequel se fait de plus en plus vif, espérez, les mômes !

A force de me trémousser le bras droit, je parviens à tourner ma main vers l'extérieur. Bien entendu j'ai les doigts engourdis, mais un dégourdi de mon espèce ne se laisse pas arrêter, au cœur d'une action, par ce genre de détail. Je grabotte des salsifis le long de la belle jeune fille en costume d'Eve une pièce.

Je rencontre des douceurs, des tièdeurs, des velouteurs infernales. Des courbes, et puis des creux ! Des duvets ! Des toisons toisonnantes... Mais ménage tes émois, Santonio ! Patiente ! La volupté, c'est avant tout une attente ! Le bonheur n'est pas dans l'assouvissement, mais dans l'intention. Il faut supprimer les liens qui vous séparent avant de tisser ceux qui vous uniront ! Reptant, tourniquant, ondoyant, palpant, j'arrive à mettre la main sur sa corde ligoteuse. Je la remonte jusqu'au nœud pernicieux qui bloque le système d'entravage.

Et vous autres, bonnes pommes, d'aller de l'avant, bien sûr. Vous caracolez en tête des mes intentions comme des sergents-majors. Je vous lis la pensée à travers votre ruche de verre, mes gaillards. Vous vous dites : « Bon, il la délivre, elle le délivre, ils s'étreignent sauvagement, puis ils font semblant d'être toujours entravés, ils guettent la venue de ceux qui les séquestrent, ces derniers rappliquent, grand numéro de bravoure du réputé commissaire San-

Antonio, évasion ! Fin du chapitre ! » Je me goure, peut-être ? Laissez que je vous regarde dans le jaune des yeux et osez prétendre le contraire !

Bon, eh bien je vais vous tartiner l'orgueil : d'accord, y a un certain petit peu de vrai dans votre délirade. Confusément je pressens en effet des machins de ce genre. Seulement, je vous avertis tout de suite qu'on va avoir une sacrée surprise, vous et moi. J' sais pas encore laquelle, mais elle se prépare.

En tout cas, où vous avez mis dans le mille c'est pour ce qui concerne la première partie de vos échafaudements. Oui, je la délivre ! Seulement, là s'arrêtent vos pronostics, mes petits clamards (1). Certes, Maud me débarrasse de mon sparadrap bucal, seulement pour ce qui est des liens de nylon, rien à fiche, elle a beau tirer dessus, elle se coupe les doigts et me cisaille la couenne sans pouvoir les rompre. Elle y va des ratiches : zéro. Le fil est trop gros. Je l'entends pester, ahaner, sangloter d'énervement. Ses doigts tremblent. Elle claque des dents, ma petite chérie.

— Laissez, bébé ! conseillé-je, reprenez-vous un peu, vous essaierez plus tard... Ah ! comme j'aimerais vous prendre dans mes bras. Vous savez que votre vue m'a commotionné, tantôt, lorsque nous sommes arrivés à la « Résidence ». Vous l'avez compris, n'est-ce pas ?

Elle se penche sur moi. J'ai son souffle sur ma

(1) Je voulais écrire canards, et puis au dernier moment j'ai trouvé que ça faisait trop cucul-la-praline.

figure. Nos deux bouches jouent à bouches cousues, puis à bouches-que-veux-tu, ensuite au bouche à bouche, après quoi c'est la bouche en cœur, on évite la fine bouche pour se consacrer à la bonne bouche et faire des provisions de bouche. Elle a une vraie bouche d'incendie, cette pétroleuse !

Une bouche qui, fort heureusement, n'est plus cousue. Une bouche à oreille. Une bouche qui me parcourt, me dévaste, m'embrasse, m'embrase, et va jusqu'à mon embouchure.

Quel étrange et fantastique instant !

Vous le concevez bien ?

Moi, ligoté, pareil à un saucisson (que dis-je, à deux saucissons). Dingue de désir. Volcanique ! Terrible ! Elle, nue, dans le noir. Gagnée par ma frénésie. Pâmée ! Je suis le pied-nickelé de l'amour ! Mais présent quand même. O combien ! Dressé ! Fier comme Ajax (avec l'amoniaque en moins). Ah ! le super moment de ma vie ! Quelle insulte au sort ! Le coup du sort ? Tiens, fume ! M'en fous de çui du sort : le mien passe avant ! Je harde ! Je darde ! J'épanouis ! La gosse est en transe, en tire-bouchon ! Hue cocotte ! Viva América ! Merci ! Plus vite ! Saumur ! L'ovale noir de Saumur ! A encadrer ! Chic, ils sont tous de Belfort ! Et maintenant à l'atour de Nesle ! Lesieur vous l'offre ! Monseigneur le duc d'Aumale, dos au mâle ! Le pas des lanciers ! Le balancier ! Sciez-moi c'te bûche, cré bon gu ! Je débouche sur des apothéoses indescriptibles que j'efforce de décrypter !

C'est quoi l'extase, somme toute ? Réfléchissons

bien ; essayons d'y voir clair, pour une fois. Hein, c'est quoi, au juste ? Une espèce d'explosion ? Une dérobade ? Un relâchement ? Un cri d'adieu ? Le fin fond de la férocité ? Des couleurs qui tourniquent ? Un lance-flammes qui te balaie ? Ton bide qui s'abîme dans le cosmos ? Tes clouis qui se désintègrent ? O ministres intègres... Un goût de mort ? Une renaissance ? Le grand déchirement du temps ? La remise à zéro de tous les compteurs ? L'abdication de ta durée ?

J' sais pas. J' sais plus. M'en fous !

Terminus ! Merci, madame, au revoir, madame ! C'est gentil d'être menue. C'est très gentil d'être au menu. Non, y a pas l'eau courante, ici on a des dégoûts simples. Ah ! pétasserie ! Chibroquerie !

L'homme court après une carotte, toujours. Quèquefois, il parvient à l'attraper, parce qu'il est malin, l'homme. Lorsqu'il l'a saisie, il la croque. Mais après l'avoir bouffée, il regrette de ne pas se l'être carrée dans l'oignon auparavant. Sa gourmandise a été trop rapide ! Il a pas pris le temps de réfléchir, ce miroir con et cave ! Ne s'est point dit qu'il pouvait aussi bien la manger « après ».

Le drame des hommes, cherchez pas, il est là : l'homme mange toujours la carotte avant de se la fout' dans le prosibus.

Tiens, ça me rappelle une âne et docte textuelle. La mort de Sébastien, notre épicemard. Sébastien parmi les pommes ! Il avait une toute petite boutique de banlieue, grande comme votre cuisine. On y trouvait des cageots de poireaux jaunis, une machine à découper le jambon qui marchait à la manivelle rouillée, des bidons de lait puant le suret, des boîtes de nouilles moisies (l'eusses-tu cru ?), des sacs d'haricots fripés et des pommes de terre germées. Bref, une bricole d'épicerie. Le genre de petit truc qui dépanne. Où l'on va chercher une boîte de sardines et des pinces à linge pour dire de « les faire travailler ».

Il vivait dans l'arrière-boutique, comme dans une roulotte, avec sa grosse bonne femme et ses trois mougingues, Sébastien.

Vous l'auriez vu, avec sa blouse grise dépenaillée, sa sacoche de cuir lui servant de tiroir-caisse, son gros pif violacé, son crayon sur l'oreille, ses tifs embroussaillés, son pull roulé (dans les tons marron-merde), son mégot cendreux, son odeur de rance et de j' sais pas quoi, vous l'auriez vu que vous lui auriez refilé une piécette, le prenant pour un clodo. Chez lui, c'était l'enfer ! Sa mégère l'houspillait à longueur d'éternité. Le traitait comme une serpillière à ramasser la dégueulanche... Il souriait quand elle le torgnolait. Un vrai bon zig, soumis et bosseur. Lui, pourvu qu'on le laissât écluser ses trois kilbus de rouge, il regardait flotter les rubans.

Et puis un matin, en sortant son minable étalage, il s'est lui-même étalé sur le bout de trottoir. Absolument mort. Crise cardiaque.

M'man se trouvait de passer, comme d'hasard. Aussitôt, elle s'est magnée pour assister la toute fraîche veuve, ma Félicie. Elle a aidé à rentrer le pauvre bonhomme. Ensuite elle a refoulé la family dans le magasin pour lui faire sa toilette, Dieu sait s'il en avait besoin, Sébastien ! M'man, elle lui a consacré deux heures pour le mettre en état. Le laver, le raser, le coiffer, lui passer des nippes à peu près potables. Lorsque son ogresse est rentrée dans la chambre, elle a eu un haut-le-corps (si je puis dire).

— C'est pas lui, elle a fait ! Non, non ! Impossible.

Bichonné, talqué, calamistré, Sébastien était un personnage inconnu d'elle. Félicie lui avait fait la raie au milieu (lui qui ne s'était pratiquement jamais peigné !), elle avait rasé sa moustache avec le reste de ses hirsuteries, lui avait délimité les rouflaquettes et tout, et tout...

Une gravure de mode !

La grosse épicière rôdait autour du cadavre en balbutiant :

— Mais non, c'est impossible, j'y crois pas...

Et puis alors, elle s'est tournée vers Félicie.

— J' savais pas qu'il était si beau, a-t-elle dit.

Et elle s'est effondrée en sanglotant sur le lit, près de ce bel homme inconnu qui avait été son époux.

Pourquoi que je vous raconte ça, moi ? Y a des mecs parmi vous, ils doivent se toquer le front en se disant que je débloque. Ceux-là, je les asperge ! Le jour que j'écrirai plus ce qui passe par mon chou, je laisserai tout quimper. Y aura une bathe machine I.B.M. en vente sur le marché de l'occasion. Electrique à boule, avec toutes ses touches dont une pour le signe du dollar, et des que je sais encore pas seulement à quoi elles servent, depuis le temps ! Equipée pour le 220, mais convertible.

Peut-être, après tout, que je la ferai cadeau au musée de l'homme avec mon squelette et mes roustons dans du formol...

— Que s'est-il passé, mon ange ? je demande enfin à Maud.

Elle me donne un baiser de velours.

— Je ne sais pas, vous m'avez fait perdre la tête.

— Oh, je ne parle pas de « ça », coupé-je. Mais des événements de la « Résidence ». Vous avez menti à Mme Farragus, en prétendant que Pearl était dans sa chambre, n'est-ce pas ?

— Quelle question sotte, répond-elle, vous savez bien qu'elle n'y était pas, *puisque vous l'aviez kidnappée la veille !*

J'encaisse sans broncher.

— Comment savez-vous cela ?

— J'ai tout vu depuis la grande baie du salon.

— Alors pourquoi ce mensonge à Ann Farragus ?

— J'y étais contrainte.

— Par qui ?

— Des types masqués qui avaient investi la maison ?

— Quand ?

— Oh, depuis hier.

— Ça doit être passionnant à entendre, vous voulez bien me le raconter ?

Elle ne répond pas tout de suite.

Je mets son silence à profit pour réfléchir, c'est le moment ou jamais.

— Vous n'avez pas fait de mal à Pearl ? demande-t-elle enfin.

— Non, rassurez-vous.

— Où est-elle ?

— A la Maison-Blanche, les Nixon sont très gentils avec elle.

— Vous ne voulez pas me dire ?

— Procédons par ordre, mon petit chou : racontez-moi plutôt ce qui s'est passé après l'enlèvement de Pearl, personne n'a prévenu la police ?

— Nous n'en avons pas eu le temps, déclare sa voix mélodieuse.

— Hein (1) ?

— Eh bien, figurez-vous qu'après votre départ, je me suis précipitée pour porter secours à tous ceux que vous aviez endormis. Sur l'instant je les croyais morts ou grièvement blessés, vous comprenez ?

— Ensuite ?

— J'ai constaté qu'ils respiraient. Je les ai ranimés en leur versant de l'eau froide sur le visage.

— Y a rien de tel, conviens-je. L'eau froide, quand on ne la verse pas dans du Ricard, faut en ablutionner la figure des endormis. Et alors, ma chérie ?

— C'est au moment où ces messieurs retrouvaient leurs esprits que les hommes masqués sont arrivés.

— Pas possible ?

(1) J'aime bien le mot, employé comme ici pour exprimer la stupeur, l'incrédulité et l'interrogation. Il est très économique et je le recommande chaleureusement aux romanciers débutants qui cherchent des astuces pour tirer à la ligne.

— Parole ! Sur le coup, j'ai cru que c'était des gars de votre bande...

— Et puis ?

— Ils ont demandé où était Pearl. Je leur ai expliqué ce qui venait de se passer. Au début ils ne voulaient pas me croire. C'est en voyant dans quel état se trouvaient les autres que...

— Et puis ? coupé-je.

— Ils nous ont tous enfermés dans la cave...

— Longtemps ?

— Jusqu'au début de cet après-midi. Avant que vous n'arriviez, ils m'ont relâchée ainsi que Bert, le valet de chambre, en nous ordonnant d'avoir l'air naturel, sinon, ils juraient de nous massacrer tous...

— Donc, ils savaient que Mme Farragus allait rappliquer ?

— Il faut croire. C'est tout ce que je peux vous dire. Mais rassurez-moi à propos de Pearl, je vous en conjure. Vous ignorez peut-être qu'elle est malade ? Elle a besoin de soins constants...

— Je sais.

— Où est-elle ?

Je souris dans le noir et je murmure en caressant ses hanches vibrantes et douces.

— N'insiste pas, ma gosse. Je ne te le dirai pas. Tu peux appeler tes copains de là-haut pour les prévenir que je suis un petit récalcitrant. Fais vite, dans la tenue où tu te trouves, tu finirais par t'enrhumer !

Je ne vois pas sa bouille, pourtant je devine son expression stupéfaite. Ma déclaration, mon ton paisible lui font l'effet d'un seau d'eau glacée (1).

— Que voulez-vous dire ? bredouille-t-elle.

— Que tu es ici pour m'arracher les vers du nez, ma chérie. Tout à l'heure, tu as compris que je m'en ressentais pour toi (je te l'ai prouvé tant bien que mâle d'ailleurs, depuis) et lorsque ces bons cagoulards nous ont eu réduits à merci, tu leurs as proposé de me jouer le grand air de la Flûte Enchantée histoire de me faire cracher où est Pearl. Ç'allait être, d'après toi, un gain de temps. Seulement tu t'es gourancée, ma poulette. Le camarade San-Antonio n'est pas tombé de la dernière mousson et il connaît cette chanson mieux qu'un professeur de piano connaît la *Lettre à Elise*. Merci pour ce don de ta personne à la France qui m'est allé droit où tu sais. Si un jour tu passes par Paris, téléphone-moi, je t'emmènerai manger des moules.

Une qui fulmine salement, c'est cette très aimable et très relative jeune fille. Elle me traite de noms que j'ai beaucoup de mal à traduire. A preuve, je laisse des blancs.

Elle me dit que je suis un salopard, une ordure, un..., un... (2) et un porc galeux.

Et puis elle hurle. Et alors le trappon de tout là-haut se rouvre. Un mec balance une échelle de cordes et l'accorte personne se met à ascensionner (bien que ce verbe n'existe pas, c'est vous dire sa souplesse !).

(1) Je vous laisse apprécier l'originalité de la métaphore.
(2) Deux mots sautés par suite d'une carence dans la traduction.

— Un peu grossières, vos ruses ! je lui articule. Tu penses que lorsque tu as prétendu ne pas pouvoir me déficeler, j'ai pigé. J'avais déjà de sérieux doutes en constatant que tes liens à toi étaient faits de bonne grosse corde nouée lâche.

Elle disparaît sans répondre. Après quoi, c'est un bonhomme qui descend à moi. A la qualité du ciel et à l'intensité de la fringale qui me tarabuste l'entraille, je sens que le jour touche à sa fin. Bientôt ce sera le crépuscule... Je continue de me poser des questions quant à l'endroit où je me trouve. On dirait le fond d'une péniche.

L'arrivant a une agilité de trapéziste ; il s'offre le plaisir de déchelonner à l'équerre ! Bientôt le voici à mon côté. Il est long et porte un pantalon noir, très léger, qui s'entortille à ses chevilles. Il a une chemise également noire et un veston à rayures blanches et noires. Ajoutez à cette description un chapeau de paille noire et des lunettes teintées à la monture énorme.

Le gus s'accroupit près de moi et me contemple. Il ricane. Je dois vous dire que ma tenue est un chouillet incorrecte, vu que j'ai la zifolette blagueuse sortie de son écrin, miss Maud ayant omis de me faire le ménage après notre séance.

Une suffisance de clarté tombe sur une moitié de frime à mon compagnon, me permettant de constater que, dans sa famille, ils sont asiatiques de père en fils. Ses pommettes sont extrêmement saillantes et ses yeux foutrement bridés. Malgré la pénombre, je le soupçonne d'être d'un beau jaune-pisse-d'âne.

— Où est la petite ? me demande-t-il doucement.

Sa voix, croyez-moi ou allez vous faire remiser par les Grecs, flanque la trouille. Vous savez pourquoi ? Parce qu'elle n'a pas l'air vrai. C'est une voix toute fluette et mécanique. Le jour qu'on parviendra à fabriquer de la voix humaine, au début, j'en suis certain, elle sera pareille à celle de ce bonhomme.

— De qui voulez-vous parler ? éludé-je sottement.

Il ne se fâche pas. C'est un gars patient.

— Pearl Farragus ?

— Oh ! eh bien, figurez-vous qu'elle navigue sur un cuirassé de la Marine Nationale Française : *l'Amiral Burnecreuse*. On l'a déguisée en marin et je vous parie votre teint de pêche abricot contre un flacon d'ambre solaire que vous ne pourriez pas la repérer parmi les trente-quatre mille hommes d'équipage !

Le jaune homme de bonne famille hoche la tête. Ses grosses lunettes projettent des éclats à l'entour. Il paraît réfléchir un instant, puis il déclare de son même ton interplanétaire (1) :

— C'est ennuyeux que vous ne parliez pas spontanément. Mais enfin, bon...

Il sort une boîte plate de sa fouille, puis une torche électrique qu'il allume et pose sur le côté, de manière à éclairer sa boîte. Cette dernière est une petite trousse de cuir noir.

— ... je vais vous faire une piqûre ! annonce-t-il en actionnant la fermeture Eclair de la trousse. J'ai

(1) Ce qu'est un ton interplanétaire ? Ben faites-vous réciter une fable de La Fontaine par ce mec et vous comprendrez.

toujours eu des résultats avec ce produit. Seulement certains sujets réticents tiennent bon parfois pendant plus d'une heure. Je pense que ça va être votre cas. Vous êtes une nature rebelle. Nous perdons du temps.

Il se met à cisailler une ampoule emplie d'un liquide incolore. Les liquides incolores, vous l'aurez remarqué, sont les plus redoutables. La couleur rassure. Elle est une présence. Elle fait partie de l'équipement esthétique de l'individu. Elle l'assiste.

L'aiguille de sa seringue plonge dans l'ampoule. A la sûreté de ses gestes on sent l'homme expert.

— Vous êtes infirmier ou l'avez été, noté-je.

Il hoche la tête.

— De nos jours, tout homme doit avoir des connaissances médicales, assure-t-il. La science nous submerge et l'individu qui voudrait se passer d'elle errerait comme un aveugle sans chien ni canne blanche.

Un gros *baôum* nous fait tressaillir. C'est le trappon d'acier qui vient de se rabattre, là-haut. La vaste carcasse métallique au fond de laquelle nous nous trouvons retrouve une obscurité que rompt très parcimonieusement la lampe électroque (1) de mon anesthésiste.

Il lève la tête, attend, puis lance un sifflement qui flanquerait des langueurs à un cobra souffrant d'une gueule de boa.

(1) Note pour l'imprimeur : J'ai bien écrit « électroque » parce que je ne trique plus depuis que la môme m'a épongé.

Le silence.

L'Asiatique achève d'emplir sa seringue, posément. Il se penche sur moi et, de sa main libre déboucle le haut de mon futal. Ensuite il le rabat. Au moment où il palpe mes chairs amies pour délimiter le bon emplacement, moi, San-Antonio, le seul, le vrai, l'unique, je me permets une petite fantocherie gamine. Certes, on a vu mieux chez Barnum, néanmoins ça ne mange pas de pain et ça produit son petit effet dans les patronages, les cantines scolaires et chez les marchands de vaisselle. Jugez Jean (comme disait un camarade à moi natif de Saint-Flour) :

Vous connaissez tous le saut de la carpe, oui ?

Bon, et le saut de truite ?

Non, pas le seau à truite : le saut DE truite ! Vous venez de pêcher l'une de ces admirables bestioles que Schubert a si bien su accommoder aux amandes dans son réputé morceau. Avec la vaste générosité d'âme qui vous caractérise et qui justifie votre admission à la Société Protectrice des Animaux (en tant qu'animal) vous assommez la truite afin de lui éviter les désagréments de l'asphyxie. La pauvrette gît à vos pieds dans la caillasse bergeuse du torrent. Tel Ponce Pilate, vous vous lavez les mains à l'eau fraîche et purificatrice d'icelui. Et tout à coup, prrrrrrouttt, cette vache de truite exécute un saut périlleux qui lui fait retrouver l'onde murmurante (on s'y croirait, non ?).

Elle reposait, beau poisson d'argent (comme l'a écrit puissamment Jules Mauriac — à moins que ce ne soit François Romains — dans son inoubliable ouvrage sur la fabrication du Cinzano par les Chartreux) miroitant dans le clair-obscur du sous-bois (j'aime mieux un beau sous-bois qu'un méchant sous-main) défunte en apparence, et puis : le coup de reins salvateur (Dali).

Moi, San-Antonio, le seul, le vr... (merde, je vous l'ai déjà dit sur le rayon du dessus) j'imite la truite. Un coup de reins époustouflant pour me jeter contre le Chinois (ou le Japonais ou le Philippin, ou le Thaïlandais, je lui demanderai plus tard) qui, toujours agenouillé, est déséquilibré et tombe à la renverse. Dans sa chute, il brise la seringue. Perdant son flegme qui passerait pour britannique s'il n'était orientable, l'homme se relève et m'administre en glapissant une volée de coups de lattes. Il m'assaisonne de partout, l'ordure. J'en prends dans le dos, dans le ventre, dans la tête. A la fin, essoufflé, il se calme, m'assure que je ne perds rien pour attendre, que ça va être ma fête, mon jubilé de gala, ma joie de vivre.

Il empare sa loupiote, la colle dans la poche supérieure de son veston, en laissant le pinceau lumineux braqué vers le haut, et puis il escalade l'échelle de corde jusqu'au trappon. Parvenu à celui-ci, il cogne du poing pour qu'on lui délourde, mais personne ne répond à sa requête. Alors il s'arc-boute, s'arquebuse, pousse de la tronche le panneau de fer. Docilement, celui-ci se soulève. Le jour mourant réapparaît. Le Chinois gravit un barreau de plus en continuant de se défoncer le bitos. Il donne une secousse de tout le corps et le panneau se rabat complètement avec un fracas de ferraille.

Mais que se passe-t-il, mes bons emmanchés ? Un bidule tellement inattendu que si vous le lisiez dans *Le Monde* au lieu de le lire dans un San-Tantonio (1) vous le croiriez pas. Enfin, comme je suis un type digne de crédit (l'American Express insiste pour me refiler une carte) je vais narrer. J'aime bien. Vous avez le don de me faire narrer.

Voilà.

Dès l'instant, comme esprimait ce pauvre Charles, que le supposé Chinois émerge du trou, et alors que son buste est déjà dehors, un piétinement lourd et bref retentit. Suivi d'un choc mou. Un gros soulier est entré dans le champ (qui sera bientôt, la nuit venant, celui des étoiles) et a frappé la tempe du Jaune avec une telle force que, logiquement, la tête du gus devrait se détacher de son tronc porteur et passer entre les montants.

Selon moi, consécutivement à ce coup de pied de pénalité, le drop-goal devrait être marqué. La sciatique (qu'est-ce que je raconte !), l'asiatique — veuillé-je dire — lâche tout et tombe verticalement, les pieds

(1) Bien que ça s'écrive San-Antonio, ce qui inciterait à prononcer San-Nantonio, voire à la rigueur, San-Hantonio, ils disent tous San-Tantonio. Alors, allons-y pour la tante Onio, je m'en tamponne. Et puis aussi, quand ils m'écrivent ils m'oublient le tiret. Je m'écris San-Antonio et pas San Antonio comme la ville texane. C'est ce menu trait de deux millimètres qui représente mon génie. Alors j'y tiens ! Cela dit, c'est pas la peine qu'ils m'écrivent.

en flèche. Ça produit un de ces badaboums, à l'arrivée, je ne vous dis que ça ! Il s'étale contre moi, l'ami Safran, raide comme barre. La manière dont sont disposés ses membres laisserait entendre qu'il a deux ou trois jambes de cassées.

Au moins !

— Je crois que j'y ai donné pour les vers, non ? interroge la voix débonnaire de Béru.

CHAPITRE XI

C'est pas qu'il manque de souplesse, le Dodu, seulement il n'est pas doué pour utiliser une échelle de corde.

On dirait un écureuil dans sa cage. Il patouille à vide, comme un qui veut actionner la roue d'un puits artésien. Au bout de trois ou quatre échelons il se balance tel un lustre dans la salle des fêtes de Nagasaki un 9 août 1945. Il lamente des « Aooooooôôô » identiques à ceux que poussait le cher Oliver Hardy lorsqu'il se trouvait accroché à une passerelle rompue surplombant un gouffre de cauchemar.

Un vrai numéro.

— Je vais me casser la gueule ! prophétise le cher homme.

J'ignore ce qu'il maquille, mais au cours de ses balancements, l'un de ses pieds accroche un levier. L'instinct de conversation, comme disait Floriot, le fait s'y agripper. Bien sûr, on ne s'agrippe pas avec les pieds, mais Bérurier n'entre pas dans ces détails !

Il exerce une pression, une pesée, une poussée, peut-être simplement une traction, allez z'y voir ?

Et tout à coup, un déluge s'accomplit.

Quelque part, dans les hauteurs, une vanne s'est ouverte et un torrent de sable s'écoule sur moi.

— Qu'est-ce que tu viens de déclencher, espèce de branque ! hurlé-je. Y a du sable qui cataracte !

— Bouge pas, je me pointe, annonce Sa Majesté.

Elle lâche tout et choit sur le Chinois qui n'en est plus à cela près.

Je suffoque. La marée siliceuse monte à une allure terrifiante.

— Où que t'es, nom d' Dieu d' merde ? gronde le Mastar.

— Ici, sur ta gauche, magne-toi. T'as un couteau, au moins ?

— Tu sais bien que je sors jamais sans mon Opinel, car j'ignore quel casse-graine tu peux rencontrer en chemin...

Il se baisse, m'arrache à cette abominable mer granuleuse. Lui-même a déjà du sable jusqu'aux genoux. Il ouvre son coutoche avec les dents. Mes liens claquent avec un sifflement. Le sang reprend son cheminement coutumier dans mes tuyaux, mais une affreuse cohorte de fourmis me becquettent les articulations.

— Tu peux tenir droit ? s'inquiète le Mammouth.

— Tu parles, avec du sable jusqu'à la ceinture, ce serait malheureux. Allez, regrimpe cette échelle, je te la tiens tendue. Et magne-toi la prostate sinon je vais être englouti. Note bien qu'il est plus flatteur de mourir debout, comme dans les manuels d'Histoire, mais si je peux m'abstenir pour l'instant...

Il hisse déjà son lard vers le ciel (enfin étoilé). Je le suis, poussant du poing son énorme cul éléphantesque pour lui faciliter la manœuvre. Le sable fait en s'écoulant le bruit chuchoteur d'un réacteur d'avion. Il en pleut au moins une tonne à la minute. Vous parlez d'une avalanche ! Depuis un moment déjà l'ami bout de zest a disparu, englouti par la trombe. Pas le temps d'entreprendre des fouilles pour essayer de le récupérer. Ce sera beau si je m'en sors. Le sable m'enserre la poitrine. Je ne parviens plus à m'en arracher.

— Fais vite, Béru, sinon je suis un type mort ! hurlé-je.

Ça lui file des ailes, à ce vieux Dakota. Il s'évertue de telle sorte que le voici sorti de ce piège à la noix. Il empoigne l'échelle. Il tire...

Quelle force !

V'là qu'il m'arrache comme un poireau. Il m' hisse à la force du poignet. Heureusement, car mes flûtes désenchantées par l'ankylose me refuseraient tout service.

Je tiens bon le barreau lisse qui me meurtrit la paume. Je me laisse haler, ce qui n'est pas dans mes habitudes. Hooooo hi's !

Le jour enfin.

Plus exactement, la nuit.

La fin du crépuscule, quoi, merde, pour être précis et éviter vos ratiocinages.

L'air est capiteux. Il sent la mer. On entend

fourmiller des insectes. Je mate autour de moi. Je réalise enfin que nous sommes à bord d'une gigantesque drague destinée à collecter du sable. Nous nous trouvons sur la berge d'une rivière. C'est son eau qui faisait ce clapotement régulier contre le flanc de la drague.

Alentour, c'est un vaste chantier. La plus formidable sablière que j'aie jamais vue. Avec des montagnes de quartz pâle que la nouvelle lune fait scintiller, des baraquements en fibrociment, d'autres dragues, des grues, des voies ferrées, des wagons...

— Ouf ! soupire le Volumineux en se torchant le front. Tu parles d'un duvet, mon neveu ! Bon, tu peux arquer, j'espère, biscotte vaudrait mieux filocher avant qu'y rappliquent. J' sus pas chargé et sans pétoire, moi, je me sens désarmé.

Il marche avec application le long d'une poutrelle constellée de rivets. Ah, le beau funambule ! Oh, le tendre farfadet jailli des éclairs de lune pour danser la gigue du cul dans la nature assoupie.

Je le suis... Au bout de la poutrelle on trouve une échelle de fer. Celle-là, Béru l'affronte sans barguigner. Il aime le fixe, lui. L'immobile. Son pied sûr a besoin de points d'appui raisonnables.

Il dévale vers le cher sol tant apprécié. J'en fesse autant.

Nous marchons, l'un suivant l'autre, à travers des pyramides de sable. Il va les mains aux poches, le Gros, sans seulement se retourner. Le bruit synchrone de mon pas lui suffit. Il paraît songeur, ce qui est assez inhabituel chez lui.

Les épaules voûtées, il va, ce cher nounours. Tiens, c'est vrai, on dirait çui de la téloche, rentrant à tome après son « bonsoir les petits ».

Derrière des appentis blafards, notre bagnole de louage nous attend. Il y grimpe, attend que j'en fasse autant, puis il bâille à en décrocher le capot de la guinde et demande :

— Et maintenant, mon bon seigneur, quels sont vos projets ?

Sa Majesté bâille derechef et de plus belle, car elle peut conjuguer deux actions simultanées.

— Tu ne crois pas que tu devrais m'affranchir ? lui demandé-je. Comment diantre te trouves-tu ici ?

Il s'accoude au volant de la pompe, tourne vers moi une bouille hostile et déclare :

— Ecoute, Mec, avec tes giries à la con, moi j'ai pas briffé depuis hier et j'ai l'estom' comme un pneu qui serait resté dégonflé pendant la durée de l'occupation. Ceci pour te faire comprendre que je sus pas porté sur la causette.

J'opine.

— Tu vois, Béru. Votre unique dénominateur commun, à Pinuche et à toi, c'est cette foutue marotte de faire languir votre interlocuteur lorsque, d'aventure, vous avez quelque chose à dire. Vous déconnez à longueur de vie pour bavasser des trucs sans importance, mais dès que vous détenez du positif, faut des forceps pour vous accoucher. Il y a dans cette attitude un aspect peigne-cul, qui, joint à votre bêtise congénitale, vous rend positivement odieux. Tu piges ou si je dois te marquer tout ça sur un bout de papier ?

Gradube se renfrogne comme un accordéon qu'on remballe. Il se mordille la lèvre supérieure, crachote un relief de soi-même, et dit sèchement :

— Y a des gars qui ch... (1) pas la honte. Des gars qu'ont une moralisation moins belle qu'une balayette de cagouinsses. Des gars dont on risque la peau pour euss, qu'on va jusqu'à se priver de bouffer manière de les arracher plus vite de la merdouille où qu'y s' sont laissé enfoncer comme des crêpes, et que tout le remerciement c'est de vous secouer le paletot en vous traitant comme du poisson à marier.

Rageusement il lance le moteur.

— Où dois-je déposer M'sieur le baron de Mes Deux ? demande-t-il sans me regarder.

— Minute, le calmé-je. Tu m'as dit que les autres n'allaient pas tarder à revenir, qu'entendais-tu par là ?

Le furax renifle trois mètres cubes d'air à travers un buisson de poils de nez non filtrants et explique :

— Z'étaient trois. Deux gus un peu chinois sur le pourtour et une bathe gonzesse qui s'est dessapée dans leur auto et qu'ils ont attachée avec une corde

(1) D'habitude j'écris *chier* en toutes lettres, mais les correcteurs de notre chère maison sont des gens bien élevés qui me rectifient chaque fois *chier* en *ch...* A moins qu'ils soyent francmacs ? Cloquer des trois points à tout va ça cache quèque chose, selon moi.

Dorénavant, je les emboîte le pas en troipoinçonnant moi-même les *chier* de ma littérature fangeuse.

avant de la dévaler dans ta dragué! Au bout d'un instant de moment, la souris a été remontée. Les trois charognards ont conciliabulé dans ce foutu langage américain dont je renonce à vouloir en comprendre les infections. Alors le macaque que tu sais est été te rejoindre tandis que cependant les autres se taillaient. Je suppose qu'y sont pas partis loin ni longtemps et qu'y vont radiner avec des rangs forts. Comme on n'a pas une broque de pétoire à sa disposance, je conclus qu'on ferait mieux de les mettre aussi séance que tenante si on n' veut pas tomber de charrette en syllabe. Ce sidi, agis à ta convenance, de nous deux c'est toi le mieux payé, ce qui signifie que les pré-rotatives t'appartiennent.

Ayant ainsi parlé, le cher homme se tasse à son volant comme un sac de pommes de terre.

— T'as peut-être raison, mon gros Minou, murmuré-je. Evacuons le navire avant qu'il ne coule.

Sa Majesté ne se le fait pas répéter. Il se désimmobilise d'un coup de panard mécontent. On contourne des montagnes de sable, et puis on prend un chemin de plaine bordé de roseaux secs. La carriole tangote. La lumière des phares caresse un horizon rabougri et sans vie.

— Dis-moi au moins une chose, ma vieille carpe, on est loin de Miami ?

— Aux environs d'une demi-heure...

— Comment m'as-tu retrouvé ?

— Je t'écrirai ça sur un morceau de faf, ronchonne l'homme-à-la-rancune-entre-les-dents.

Nous parcourons deux petits miles (en nouveaux

dollars) et parvenons à l'intersection d'une fédérale lorsque les feux d'une bagnole se présentent dans le chemin.

— Appuie, Gros ! enjoins-je.

— Mais la route est trop pétroite ! objecte le Délivreur (à domicile) (1). On va « s'embugner » mutuellement ! Vaudrait mieux, au contraire, qu'on se rangeasse.

— Appuie ! C'est eux qui se planqueront !

Ainsi est fait. Le Mahousse, obéissant comme un kamikaze, champignonne tank ça peut.

— Pleins phares ! commandé-je.

Il file les grandes loupiotes.

Fectivement, ils sont une tinée dans la voiture survenante. Au moins cinq !

Ils ripostent d'un appel pour qu'on laisse tomber la sauce. La distance diminue. Je devine leur hésitation.

— S'ils planquent pas leur roulotte, va y avoir de la compote de ferraille, mon pote, annonce le Gros, sans diminuer sa vitesse.

— Klaxonne !

Il y va à mort sur l'avertisseur. Une vraie sirène !

Y a méchante panique, en face, brusquement. Ils viennent de piger qu'on ne stoppera plus. C'est eux qui donnent un coup de barre à droite. Leur voiture pique du nez dans un champ de maïs. On leur passe

(1) Si mes multiples parenthèses vous énervent, achetez un canif très pointu, et effacez-les en grattant légèrement. Le papier de mes polards étant de qualité médiocre, elles disparaîtront aisément !

au raz des miches : vraoumzz ! Vous pourriez pas glisser la photo de Philippe Clay entre notre aile avant gauche et leur aile arrière droite.

— Pour Miami, c'est à gauche ! me dit simplement le Mastar.

— O. K. ! Direction Miami-les-bains !

Il vire sur les badas de roues.

Nos boudins se régalent les semelles d'une belle asphalte bien adhérente. Le Dodu prend un peu plus de vitesse.

Je me suis retourné pour sonder la nuit, derrière nous. La guinde des copains paraît avoir du mal à s'arracher à la terre cultivée. M'est avis qu'elle patine rudement.

— Ils nous font pas de courante ? demande Alexandre-Benoît qui se donne trop à la conduite pour pouvoir consulter son rétroviseur.

— Non, on les a eus. Je suis certain que si nous nous étions rangés pour leur laisser le passage, ils nous auraient interpellés, ce chemin défoncé ne devant mener qu'à la sablière...

Je frappe l'épaule enveloppée de mon éminent coéquipier.

— Tu es un roi, Béru, complimenté-je. Du moins, une espèce de roi.

— Arrête, plize, riposte l'Enervé. Tu m'as assez suffisamment traité de con pour aujourd'hui. Moi, quand j'ai l'estom' en portefeuille, je tolère mal les colis-bêtes.

CHAPITRE XII

Sur la ligne droite traversant la lagune, il se décide à jactouiller, Béru. Dans le fond, c'est mon mutisme qui a raison de sa mauvaise humeur. Que je cesse de le presser de questions, ça le pique au vif, comme disait un brochet. Le silence lui est aussi intolérable que la sobriété. Il a besoin de vin et de mots vains pour s'accomplir pleinement. Faut qu'il s'arrose l'âme de paroles et d'alcool pour se la fertiliser.

— Oui, bon, qu'est-ce j' voulais te dire ? finit-il par bredouiller...

Moi, culotté comme une grand-mère, de répondre, nonchalamment :

— J' sais pas ?

Ça lui brise les dernières résistances. Il abdique tout respect humain. L'orgueil qui s'attarde devient une denrée putrescible, comme le poisson et les invités. Car ça pue très vite, un invité. Ça ne se conserve pas. En tout cas pas longtemps. Faut en changer plus souvent que de chaussettes...

— Oui, la manière que je t'ai rambiné, mon pote... Ça provient d'un con très court de circonstances. Magine-toi que je t'attendais devant la crèche à Farrazig...

— Farragus, rectifié-je.

Il hausse les épaules.

— Gus ou zig, c'est blanc bonnet, bonnet noir ; un synode, quoi ! Alors j' vois mal pourquoi tu t'amuses à me reprendre, que, nom de foutre de bordel, pour te causer, va bientôt falloir passer sa licence en grammaire ! Prendre des cours du soir de belle-jactance. Et mettre des gants blancs à manger de la tarte !

Je lui donne une amicale tape sur la nuque.

— Pas d'apoplexie entre nous, dis-je. Achève et prends mon sens de l'exactitude en meilleure part, cher, brave et ineffable (de la Fontaine) ami !

Vaguement apprivoisé, le Mignonnet reprend :

— Donc, je poireautais devant chez ton Farramec lorsque se pointe une voiture de livraison toute blanche, conduite par une gonzesse estrêmement nègre et jolie. La chignole fonce vers l'entrée des fournisseurs. Moi, je me détranche pour mater la conducteuse et je vois descendre un petit lot pas piqué des hannetons. Une souris, mon Vieux, que j'en ai pas vue de plus belle dans *L'orfèvre au Negro.* Des longues jambes racées, une laiterie modèle, et un visage de maldonne, sans te causer du pétrousquin majuscule de Mademoiselle la Miss. La petite noirpiote sonne, remet un carton frivole à la personne venue lui ouvrir et se taille. Je la regarde sortir de la propriété, me passer devant, et s'apprêter à virer au carrefour, quand elle me tombe en panne sous les yeux. Sa pompe qu' hoquette et qui se croise les jambes.

« Tu connais la serviette habilitée du gars Béru ? J' me précipite... J'empresse de rassurer la jeune fille dans mon noir-américain le meilleur :

« You pas s'en faire, ma zamie ! Y en a moi réparationner the calèche of you quickly fissa en two coups of tea pot. » Le tout ponctionné d'un sourire ensorceleur dont je me réjouissais de n'avoir pas oublié mon râtelier. Naturellement ça venait de son delco. Je lui bricole les vis platinées, je lui tripote la bobine. Bref, la pompe se remet à tourner. T'aurais vu la joie de cette gamine !

« You are a big pig ! » qu'elle me gazouillait, ce que sans comprendre, je traduisais d'office par « Tu me plais, chéri ». Moi, tu sais ma manière de comporter avec une moukère pas trop farouche du réchaud ?

« Immédiateli c'est le grand jeu chahuteur. Les agaceries parisiennes. Je lui papouille la hanche, lui fais le coup du taille-crayon aux deux pointes Bic, lui annonce le genou sous la porte cochère, et t'essaieras, et t'essaieras ! Tant qu'à la fin, pour pas se donner en spectacle, on monte à l'arrière de sa fourgonnette et que je me mets à lui l'interpréter le Retour du grand Vizir au point de faire péter les amortisseurs de sa brouette. Dedieu, cette séance de ramonage ! Quelle magistrale volée dans ses plumes ! Comment je m'ai pas enflammé Popaul après cette performance, je le saurai jamais, surtout que ma bougnette, question d'hébergement, c'était pas l'entrée principale du Cercle Interallié. Le noir d'Amérique, je le parierais, est moins bien braquemardé que ceux d'Afrique ou de Scandinavie. Ou alors, avant moi, elle s'était sélectionné que des anémiés de la tringle, Dolly. Des rachos du kangourou. Maintenant elle sait qu'il existe de l'article sérieux, calibré géant.

— L'est pas prête de s'asseoir, je réponds. Elle doit bouffer debout, au snèque !

Il rit fort, il rit gras. Il rit d'un ventre content.

— Bon, se décide-t-il enfin à poursuivre, je termine ce gentil trésor dans sa chignole de livraison. Entre deux parenthèses, elle travaillait dans le blanchissage, ma petite Noire. De luxe ! Le côté napperons en dentelles et slips de cérémonie. On a un peu malmené ses frusques amidonnées, mais ça valait le déplacement. A peine ai-je remballé ma panoplie que, jetant un coup d'œil par l'hublot de son fourgonnet, je t'avise dans une Roll-Rosse, à te pavaner en compagnie d'une damoche de la haute. Tu regardais après moi, sans me voir, œuf corse. Tu paraissais inquiet. Moi, illico j'agis.

« Louque zize car ! j'ordonne à Dolly. Ouate is the lady ?

Elle mate.

— Misise Farragus !

« Ça me donne à choufleurter. Tu te cassais avec la grognace du milliardaire, sans me prévenir. Ça voulait dire quoi t'est-ce que ? Je tire mes plans de la comète.

« Le gars San-A. est embarqué dans sa béchamelle, me dis-je. Il m'a pas alerté parce qu'il comptait que je vais le suivre. Et il a l'air emmouscaillé du fait que j'ai déserté mon poste. J' sus un criminel de m'embourber une frangine au lieu de surveiller l'abord des parages et des environs. Fallait que je réparasse l'abbé vue. Sauvé par le phosphore, bibi, toujours. « Ils sont allés retrouver le mari » me disais-je. Je les recoincerai là-bas. Je demande à ma petite Blanche-Neige de me piloter aux usines Farrajules. Elle accepte mais au paravent faut qu'elle reporte la voiture de livraison à son employeur. Bon, je la suis. Seulement, cette garce, elle y mijote une plombe chez son négrier. Je me sentais pousser des champignons sous les panards. J'avais envie de laisser quimper et d'aller moi-même chez Farragonze, seulement, tu ne l'as sans doute pas remarqué, mais question de la langue, ça coince un peu. J'ai donc attendu. Elle me rejoint enfin. On traverse la cité, comme ils disent. Et puis, juste comme on s'arrête devant l'immense burlingue de notre client, Dolly m'écrie :

— It is mystère Farragus !

« Un grand type beau, aux cheveux grisonnants, montait en bagnole. Je l'ai suivi des heures, t'entends, Mec ? Des heures... Il avait une tripotée de rancards à travers le pays. Dans d'autres usines, dans d'autres bureaux. Dolly m'a laissé quimper, biscotte son travail... Je pilais la faim, et cette carne de Farrazigoto s'arrêtait toujours loin d'une boîte à hotte-gogues. Vers le milieu de l'après-midi, enfin, il s'est pointé à la sablière... »

Je sursaute.

— Quoi ! ! !

— Ben ouais, il est venu à la sablière, devant la drague. Il pilotait lui-même personnellement son auto. Il y est arrivé le premier. Il a descendu et s'est mis à fumer. Comment je m'ai arrangé pour pas qu'y m' retapisse ? Je l'expliquerai jamais. Le bol, quoi ! Il semblait nerveux, préoccupé, je suppose qu'il s'est pas gaffé que je lui filais le dur. Au bout d'une demi-heure, une pompe est arrivée. Dedans y avait toi. Y t'ont escaladé sur la drague et t'ont descendu dans l'intérieur. En t' voyant, Mec, mon raisin n'a fait qu'un tour. Je t'ai cru clamsé. Ce coup de vape que j'ai pris, mon n'veu ! Seulement, quand par la suite une gonzesse s'est dessapée et qu'on l'a basculée dans tes appartements, j'ai pigé que tu vivais et que ces brigands te jouaient l'air de la séduction.

— Et Farragus, pendant ce temps ?

— Il s'est pas attardé. Il a fait un concile-à-bulle avec les pieds nickelés, puis il est reparti. Voilà toute la genève de l'histoire, t'es au Purodor, maintenant.

— Nous aurions dû rester là-bas, soupiré-je. C'était le seul moyen d'en savoir davantage : suivre ces petits rigolos.

Son Altesse grassissime hausse les deux bosses qu'on pourrait prendre pour un vilain rembourrage de tailleur, mais qui, en fait, constituent ses épaules.

— Commode de filer des ganstères sur un chemin en impasse sans leur attirer la tension. Avec ça qu'on est désarmés, avec même pas le catalogue *Manufrance* pour les intimider ! Ecoute, gars, notre peau vaut ce qu'elle vaut, mais elle prévaut ! Je commence à en avoir jusqu'aux sourcils de la mission du Dabuche. Vingt-quatre heures sans jaffer, c'est des esploits dont auxquels j'ai le regret de pas pouvoir me permettre. Ma constitution commande !

Pour lors, mes petites coquines, votre San-Antonio bien-aimé (du moins l'espéré-je) pousse une exclamation dont je ne sais plus si elle est « merde », « nom de Dieu » ou « nom de dieu-de-merde », mais enfin la chose revêtant une importance secondaire, voire même tertiaire, je continue en laissant cette question aussi pendante qu'une quéquette de mulet.

Mon exclamation annonce une idée que je crois bonne.

— Caisse y t' prend ? s'informe l'Auzaguets.

— Continue, continue ! enjoins-je. Tu traverseras Miami Beach, ensuite tu ralentiras lorsque nous aurons dépassé l'alignement des hôtels, je te guiderai.

Le camarade Bérurier renifle des humeurs mauvaises et grogne :

— Si tu me guides pas dans un coinceteau où y aura de quoi bouffer, il est rigoureusement certain que je ferai des malheurs.

*
* *

Une chanteuse « blouse » sévit à la télé des amis Black au moment où nous sonnons. Elle chante un truc délicat, dans lequel il est question d'un oiseau qui ressemble à l'amour (ce que je conçois parfaitement) et qui va se noyer dans l'infini du ciel consécutivement (1) à la mort de son oiselle. C'est, comme vous le voyez, frais, emplumé et azuréen. Exactement le genre de mélodie qui vous aide à digérer vos harengs-pommes-à-l'huile ou les considérations de votre belle-mère sur le comportement du gendre actuel.

La pigeonnante (ça tombe au poil — ou aux plumes — avec la chanson) Barbara vient délourder. Elle est en peignoir de satin bleu et elle a mis un bandeau blanc dans sa toison couleur d'acajou sombre.

— Tony, chéri ! glapit-elle en me reconnaissant.

Et vous savez ce qu'elle fait ? Elle me saute au cou, en brave petite fille qui retrouve son papa rentrant de tournée.

Grosse galoche ! Sa robe de chambre s'est écartée. Elle a la bonne idée d'être nue là-dessous. Elle se frotte à moi comme la moule à la coque du barlu resté longtemps à quai.

— Comme c'est amour de venir me voir ! fait-elle, sitôt qu'elle a récupéré sa langue et sa respiration. Si vous saviez ce que je pense à vous depuis l'autre jour ! C'est merveilleux de vous retrouver ! Et justement mon gros sac qui n'est pas là ! Rentrez vite !

(1) Je raffole des adverbes. Si vous avez de vieux adverbes dont vous ne vous servez plus, dans votre grenier, envoyez-les-moi, je les repeindrai. On arrive à faire de très jolies phrases à l'aide d'adverbes défraîchis, ou même de vieux adjectifs pris adverbialement.

— Où est-il ? m'informé-je.

— A une réunion des anciens !

— Des anciens quoi ?

— Je ne sais pas.

Les bonshommes, à peine franchi le cap de bonne espérance de la trentaine, c'est ça, leur marotte : les réunions d'anciens quèque chose. Les anciens de l'école, ceux du régiment. Les conscrits. Les charcutiers. Les notaires. Les ceci-cela ! Les anciens pétomanes ! Les anciens musiciens ! Toujours nouveaux cons, quoi qu'il advalsedevienne.

La porte n'est pas refermée que Barbara me rembrasse.

— En somme, remarque Béru, vous faites exactement comme si vous vous connaîtriez déjà ?

La voix du brave Saint-Bernard requiert l'attention de la chère femme. Elle se désunit provisoirement de moi pour se tourner vers le Mastar.

— Mon ami, Alexandre-Benoît, présenté-je.

— How do you do ? demande-t-elle à Gradube, sans prendre la peine de refermer son peignoir béant.

Sa Majesté lui serre la louche avec empressement.

— Je do très véry vouelle, ma petite chatte, assure-t-il. Ça fait plaisir d'être accueilli comme la bonne de franquette. Vous me rappelez quand j'allais au claque du chef-lieu avec mes copains. Tenez, y avait une sous-mactée qui vous ressemblait. Lola, elle s'appelait. Charmante femme qui rechignait pas de mettre le cul à la pâte les jours de pointe.

Il avance vers elle une main goulue, les ardeurs de

sa petite blanchisseuse noire ne paraissent pas avoir endormi les sens de notre valeureux ami.

— Comme vous, reprend-il, Lola avait les poires-curés terminées par des cabochons mauves. Et puis un grain de beauté dans la vallée de Chevreuse. Brèfle, ce pût être votre sœur de lait.

« Même les z'hanches ont une chute identiquement pareille. En forme de contrebasse à crins.

Il lui roule une pelle.

— Hmm, y a bon Banania, ça c'est du meuble offert par l'Ours bleu Butagaz ! apprécie le Vorace.

Déjà, l'hystérique mère Black vadrouille dans les émois. Béru la soulève à bout de bras pour s'en confectionner un cataplasme.

— Dis-y que j'ai une grande faveur à lui demander, m'ordonne-t-il.

Je traduis.

Barbara éructe des choses mourantes.

— Qu'est-ce elle a répondu ? s'inquiète Brise-Sommier.

— Qu'elle était prête à t'accorder tout ce que tu lui demanderais.

— Banco ! Alors dis-y qu'elle m'arrange une omelette de douze œufs, au jambon si possible et qu'elle me déballe sa collection de conserves : je trierai !

CHAPITRE XIII

Instant générateur d'une intense émotion.

Te Deum !

Grand-messe solennelle.

Bérurier mange.

Courbé en deux, tel le sprinter penché sur son guidon, les coudes détachés du corps, le regard bas, il bouffe ardemment. Sa bouche ressemble à deux sangsues repues. Son souffle produit une musique syncopée. L'on dirait le sourd accompagnement d'une batterie, entendu de très loin. Prenez une boîte de nuit bien calfeutrée. La batterie s'en échappe tout de même... De l'orchestre frénétique, ne filtre au-dehors que ce cœur haletant, qui boume et boume et rataboume. Le système respiratoire du Gros est une batterie qui rythme sa mangerie féroce.

La dame Black le considère d'un regard éperdu, où naît l'admiration.

— Ça marche, le boulot de ce bon vieux Black ? lui demandé-je, en grignotant un sandwich au pain de mie.

— Oh ! bien sûr, d'ailleurs, il n'a rien de compliqué, affirme-t-elle.

— Il est de bonne humeur, en ce moment ?

— Un vrai pot de crème. Je ne l'ai jamais vu aussi doux.

Elle ajoute, pour elle-même, mais j'en profite impunément :

— On dirait que quelque chose d'heureux lui est arrivé.

Je suis ravi de le lui entendre remarquer.

Tout à fait entre nous et votre ami, le voisin du dessus dont le petit dernier vous ressemble tant, c'est bien parce que je pense qu'il est arrivé « quelque chose d'heureux » au gros Black que je suis chez lui présentement. Moi, le bonheur des autres m'intéresse. J'aime le leur entendre raconter. C'est tellement plus joyce à écouter que les malheurs. Le malheur, pourtant, c'est ce que les gens se complaisent le mieux à vous bonnir.

J'en connais, des vieilleries surtout, qui te vous bichent par un bouton et, vous ayant bien arrimé, se mettent à vous déballer leur mouscaille, avec des mots qui fendent l'âme, et des larmes qui vous détrempent la sérénité. Tellement qu'à la fin, bon client, vous finissez par y aller aussi de votre pleur. Ce que constatant, ces salopes bourriques vous décochent un grand sourire reconnaissant et s'en vont, radieuses, pêcher d'autres donneurs de larmes, plus loin. Le cafard est un appel aux autres. Dès que le message est reçu, les bourdonneurs se sentent ragaillardis, comme si de filer la vérole à autrui soulageait la vôtre. Saleté de mœurs, va ! On dérape sur de la bave. C'est tout escargots et consort. Ils sécrètent. Ils visquosent. On patauge dans leur sanie, dans leurs purulences. J'aurais dû mettre des galoches pour traverser la vie. On atteint l'autre rive tout crotté, tout souillé. On a des éclaboussures de ragots plus haut que les oreilles.

Tiens, l'autre jour, un tordu m'a écrit des gueuseries misérables, sans rime et sans autre raison que de se dégorger la poche à fiel. Ce connard ne m'avait pas mis son adresse, ce qui m'a ôté la satisfaction de ne pas lui répondre. Le silence est un beau langage que je parlerai bientôt couramment.

Mais je tartine.

Béru idem. Lui, c'est du pâté qu'il pose en lamelles épaisses sur des tranches de bred. Il parvient à la conclusion de son appétit. Il en est à l'adagio en si mineur.

Il mastique au ralenti. De la molaire. Les molaires sont au clappoir ce que les basses sont à l'orchestre.

L'une de ses mains, déjà commence d'abandonner la tortore pour s'inquiéter du réchaud à Barbara. La volupté réintègre son sens tactile.

— Bon, déclare-t-il à travers sa dernière bouchée, maintenant, on va lui interpréter le grand air de « Essuyez vos moustaches », opéra bouffe en trois actes de chair et un tombé.

Il ricane.

— Si je te disais que malgré sa grande fringale, la noirpiote de ce matin m'a laissé du disponible dans le hall d'esposition. Allez, zou, à l'ouvrage, je te vas embroquer ce petit sujet comme une reine-mère.

Il se fige, inquiet, et demande fort civilement :

— A moins que tu voudrais la basculer en priorité ?

— Sans façon, remercié-je, moi c'est au mari que j'en ai.

Radieux, Alexandre-Benoît se fait entraîner par Barbara Black en un lieu apte à abriter leurs bas instincts.

Pour ma part, je branche la téloche et déguste un exquis reportage sur la grande mansuétude du soldat américain au Viêt-nam. On voit des mecs débroussailler la jungle au lance-flammes, et puis, le soir venu, écrire à leurs fiancées sous la tente. Certains sont sous une tente à oxygène, c'est dire le confort dont ils jouissent !

Pile au moment où je mate un adorable largage de bombes sur un village viet, j'entends rentrer l'époux de Barbara.

Il siffle bien, Black. Un merle !

Ses grosses joues gonflées ressemblent à une paire de miches. Il porte un marrant petit chapeau de toile blanche et un costar lie-de-vin, tellement neuf que notre ami le vigile fait songer à un mannequin de la B.J. de Miami-les-Bains.

En m'apercevant, il se stratifie. Plus aucun son ne sort des belles fesses rebondies qu'il rase au Sunbeam chaque matin, mais il conserve encore la bouche arrondie comme un gars qu'aurait perdu sa pipe sans s'en apercevoir.

— Salut, vieux ! lui lancé-je amicalement. Ma parole, vous êtes beau comme un hot dog tout neuf. N'auriez-vous pas fait un héritage, par hasard ?

Le gros lard paraît à la fois furieux et gêné. Indécis, ça sûrement. Il dégonfle ses belles joues culières et se met à frotter la pointe de sa langue contre son chicot de devant.

— C' que v' fichez là ? demande-t-il brusquement.

— Je vous attendais, vieux. Rappelez-vous : je vous avais promis une montre. Avant de l'acheter, j'aimerais savoir si vous la préférez ronde ou carrée.

Chez les gros sanguins, la rogne gicle comme le contenu d'une bouteille de Perrier agitée.

— Foutez-moi le camp ! il tonne tout à coup.

— Black ! protesté-je doucement, vous n'avez guère de persévérance dans l'amitié.

Il me montre la porte.

— Tout de suite, sinon je vous massacre, espèce de chacal !

Chacal ! Je vous jure... ce que ça fait désuet. Il a lu ça dans une série noire des années 30, ce tordu !

— Black, voyons, reprends-je avec persévérance, qu'est-ce qui motive un tel revirement de votre part ? Ne suis-je donc plus votre bon copain français ?

J'ai jamais vu éclater un type, au sens rigoureux du terme, mais je me dis que la chose va peut-être bien se produire. J'imagine le fracas de l'explosion et les taches qui en consécutiveraient.

Il s'avance sur moi, les poings serrés.

Mais une sorte d'espèce d'idée traverse sa monumentale hure (sans s'arrêter). Il fait demi-tour et s'élance dans l'escadrin. Je n'ai pas le privilège de posséder le don de voyance, pourtant je crois savoir que ce sac à conneries est allé chercher une arme. Il a esquissé un début de geste pour pêcher à sa ceinture un pétard absent et cette amorce de mouvement raconte ses intentions.

Je l'entends ouvrir la porte de sa chambre à la volée. Et puis il y a un silence. Et tout de suite après ce vide intégral une succession d'interjections. Voulez-vous parier que votre dévoué Black vient de découvrir son épouse et le Valeureux en train de bien faire ?

Curieux de nature, et par ailleurs friand de ce genre de spectacle, je gravis les marches à mon tour.

J'avais aperçu juste.

Aperçu seulement car c'est à présent seulement que je VOIS juste.

Comment vous dire ? Le plus sobrement possible, n'est-il pas vrai ? La vérité n'a besoin que de simplicité pour être efficace.

Je me souviens d'une gravure illustrant un de mes tout premiers livres de lecture représentant un homme essayant de soustraire son petit enfant à la noire férocité d'un chien enragé.

Il se tenait de profil pour faire au lardon un rempart de son corps. De son bras libre, il bastonnait le chien écumant. La sauvagerie de la scène me foutait des cauchemars.

Or, voici que je la retrouve dans la chambre à coucher des Black.

Transposée, certes ; mais non moins cruelle et ardente.

Dans le rôle de l'homme : Bérurier.

Dans celui du bambin : Barbara.

Dans celui du chien hydrophobe : Black !

Les trois B, en somme !

Barbara se tient accoudée à une délicate coiffeuse vénitienne. Elle est à l'encan des sens. Ne se rend plus compte de rien, ou si se rend compte, ne peut réagir.

Bérurier, altier Casanova (complètement direct de la commode vénitienne) est profondément engagé dans cette personne pâmée. A tous deux, ils composent une espèce d'étrange centaure bicéphale inventé, dirait-on, par Pablo Picasso. Sans se disjoindre de sa partenaire, Alexandre-Benoît essaie d'endiguer la charge sauvage de Black.

Pas facile !

Il est dans une position arc-boutée dont l'équilibre est étudié en vue d'une action précise sans rapport (si je puis user de ce terme) avec la lutte gréco-romaine. Cet équilibre, il le maintient pauvrement, en prenant appui de la main gauche sur la hanche de Barbara. Mais l'impitoyable brute est forte, très forte...

Pis : elle est noire de courroux.

Aussi la tâche de Bérurier est-elle difficile. Défendre ses positions, en pareilles circonstances, relève de l'héroïsme. Le jaloux mailloche à bras rallongés. Béru pare de son mieux et contre même à l'occasion, sans arrêter pour autant le mouvement pendulaire dont est animée la partie inférieure de son individu, mouvement qui contribue fortement à la satisfaction pleine et entière de la dame où il s'est réfugié.

Quel tumulte ! Quelle ardeur !

Il fait penser à Ben Hur, mon pote ! La manière qu'il refoule de durs assauts sans ralentir l'allure de son char. Par moments, c'est plutôt un match de rugby qu'on évoque. Le Mastar s'en va à l'essai, en malmenant et en entraînant des humanités. Les instants les plus grandioses d'Interville ! Guy Lux voit ça, vite fait il l'engage pour une prochaine émission. De quoi en émietter les besicles du Gros Léon !

Seulement Black a trois atouts dans son jeu : sa force, sa veine de cocu, sa fureur de mari. Et puis quoi, merde, il a les deux mains libres, lui. N'est rivé à rien. Ne se soucie point de son équilibre. Il frappe en ahanant. Les gnons crépitent sur mon Béru comme une chute de pommes sur un toit de tôle. Alexandre-Benoît en vacille si durement que son aimable partenaire doit s'appliquer du bassin à épouser ses embardées. Sa Majesté serait contrainte à l'abdication si je n'intervenais opportunément. Car ce spectacle me révolte. Nul ne peut entraver un orgasme en cours, et l'époux moins que quiconque ! C'est là un crime de lèse-nature. L'amour qui va son train est sacré. On tue *après*, soit. Mais *pendant* on respecte l'acte. Sitôt qu'entamé, il appartient à Dieu. Paul VI me le disait encore y a pas si longtemps à la buvette du Vatican. Il me déclarait textuellement ceci : « L'extase est un don du ciel, et qui ose la troubler est passible de l'enfer et du retrait définitif du permis de copuler. » Vous voyez que je ne lui fais pas dire !

Donc, j'ai le bon droit pour moi.

Plus une bonne droite !

Je fais à Black la démonstration de l'un et de l'autre. Au menton.

Un pain complet, mes amis !

Black a le regard qui se brouille comme deux paysans lors d'une succession. Et il s'abat (s'il était israélite, bien entendu j'aurais écrit « il sabbat ») sur la moquette. Bloum !

A retardement ses deux talons ponctuent bloc, bloc ! Dès lors, jouissant de l'usage de ses deux paluches, Béru termine l'aimable femme dans un style époustouflant. Les clameurs de Barbara confirment ce que je pensais de celle-ci : elle n'est pas frigide.

On ne ramasse pas un billet de banque de la même manière qu'un verre cassé, mes frères, ni un gorille de Black comme une pucelle enceinte.

Cézigue, je le biche par les revers de son beau veston neuf et je le coltine dans la pièce voisine qui se trouve être la chambre de sa fille.

D'une secousse je le balance sur le pucier de cuivre. Rien de plus commode qu'un plumard à barreaux dans ces cas-là. Vous pouvez y attacher un gros vachard en « X » (ou croix de Saint-André) en moins de temps qu'il n'en faut à un boxeur pour reboutonner sa braguette sans ôter ses gants.

Bien entendu, en parfait auteur de romans policiers (mais pas policés) j'utilise pour ce faire les cordons des rideaux. Le cordon de rideau est un accessoire indispensable dans un ouvrage d'action, aussi je ne me déplace jamais sans en avoir pourvu les chambres de mes romans. Sitôt qu'il retrouve des bribes d'esprit, le vilain pas beau se met à ruer dans les brancards !

Je le regarde se démener en rigolant.

— Tu fais plus de raffut avec le sommier d'un plumard lorsque tu es seul que lorsque tu t'y trouves avec ta charmante femme, Black ! lui dis-je. Bousille pas ce pucier, c'est celui de ta fifille. Et tu sais que, privée de lit, Julia perd la plus grande partie de ses moyens ?

Une bordée d'injures agrémentées de postillons m'oblige à reculer.

— C'est ça : commence à te vider, mon chéri, je viendrai te refaire le plein tout à l'heure.

Là-dessus, je sors de la chambrette.

La cuisine...

Un seau de plastique bleu que je remplis d'eau fraîche. Trente-cinq secondes plus tard, Black déguste une trombe fraîche en pleine bouille. L'effet est radical. Il se tait pour mieux éructer.

— Tu vois, fais-je, ce sont les moyens les plus simples qui s'annoncent les meilleurs. Les mômes coléreux, tu les calmes avec un verre d'eau. Toi, comme tu es un grand goret, fatalement, tu as droit à la mesure d'exception. Si tu ne réponds pas gentiment à mes questions, je poursuis mon numéro de vaillant petit pompier. Compris ?

Il me répond que je suis un tas d'excréments

nauséabonds et que je peux aller me faire sodomiser, ce qui procède d'une même démarche de la pensée sans doute, mais me paraît toutefois d'une réalisation délicate.

Un nouveau seau d'eau ne fait qu'accroître sa rogne. Il se contente de fermer les yeux et la bouche au moment où je le lui téléphone, pour les rouvrir aussitôt après, plus frénétique que jamais.

— Bon, à nous deux ! tonitrue Bérurier en déboulant. J'ai un compte à régler avec c't' ouistiti.

— Après moi s'il en reste ! protesté-je. Je tiens à bavarder avec ce brave Black.

— C'est pour le faire causer que tu l'arroses ? fustige mon ami. Tu le prends pour une plante grimpante, ou quoi ? Si tu tiens à le dorloter, souate, mais si t'es pressé, faudrait p't'-être trouver mieux dans ta boîte à gamberge.

Tout en me blâmant, il s'active.

Et savez-vous ce qu'il maquille, le bon génie poulardier ? Il arrache le fil électrique de la lampe de chevet.

Le détortille sur une dizaine de centimètres.

Dénude les deux brins.

Les entortille aux barreaux de cuivre du plumard.

Ingénieux, non ? Il a tout de suite remarqué que le vigile avait les mains liées aux barreaux.

Accroupi, Pépère cherche la prise le long du mur.

— Surtout, lâche la rampe, hein, Sana ! recommande-t-il. Qu'autrement sinon tu morfles une giclette de sauce dans les pognes.

Il vise bien les deux trous de la prise et, à

plusieurs... reprises, très vite, il y engage les dents de la fiche.

Black hurle comme un damné.

— C't' un douillet, annonce Alexandre-Benoît. Tu te rends compte que je viens à peine de le taquiner. Fais-y observer ce que ça sera lorsque je prendrai le temps d'aller faire rebelote à sa gonzesse avant de débrancher.

Il rit et renouvelle l'opération, par jeu. Il est d'humeur blagueuse, cette nuit, mon compère. Les beuglements du garde-fric le font pouffer. Un rien l'amuse. Il a le côté farces et attrapes pour fin de banquet.

— Ça va comme ça ? demandé-je à Black.

— O.K. ! nasille l'interpellé.

— Alors, vieux, racontez-moi simplement ce qui s'est passé chez Farragus, l'autre après-midi, après qu'on vous eut endormi.

Il est agité de frissons et tarde à répondre.

— Allons, encouragé-je, ayez un bon mouvement, ensuite on vous foutra la peace.

Motus ! La carpe !

Je déteste les obstinés. Je n'ai pas la patience de mon saint patron. Saint Antoine de Padoue aussi usait d'un pseudonyme. Lui aussi prêchait pour des poissons.

Remarquez, moi, ce serait plutôt (il vaut mieux plutôt que Plutarque) à des nœuds-volants que je m'adresse.

Ils accourent par centaines de milliers et m'écoutent pérorer en ouvrant de grands yeux sidérés, sidéraux, sidérants. Des fois, je me dis que j'aurais meilleur compte d'apostropher des moules, elles ont le regard plus compréhensif.

Une petite exclamation trouble ma morosité. La mère Black, les jambes et les yeux cernés, est là qui nous contemple.

— Qu'est-ce que vous lui faites ? demande-t-elle.

— Salope ! lui lance son mari.

— Rien de bien grave, réponds-je en différé, vous pouvez constater que ce gros sagouin a conservé son tonus. Surtout ne vous inquiétez pas pour lui.

Là-dessus, Béru rebranche la prise. Le vigile égosille.

— Il exagère, affirme A.-B. B., c'est que du 110.

Cette fois, Black jure qu'il va parler.

Et il parle. Très vite, comme pressé d'en terminer. Sur un ton bougon, ça oui, mais audible cependant.

Donc, il a été vaporisé par Pinuche et s'est endormi. Quand il est revenu à lui, Maud, l'infirmière, lui faisait respirer de l'ammoniaque. Le personnel de la « Résidence » avait déjà repris connaissance. En apprenant le kidnapping de Pearl, il a voulu alerter la police. Les gens de la maison l'en ont dissuadé prétextant que M. Farragus était prévenu et qu'il exigeait le silence absolu. Comme preuve de ce qu'ils avançaient, ils ont rappelé le milliardaire qui lui a aussitôt confirmé la chose par téléphone.

— Vous êtes certain qu'il s'agissait bien de Farragus, vieux ?

— Absolument certain, je connais sa voix.

— Ensuite ?

— On m'a demandé qui vous étiez et comment je vous avais connu. Je leur ai tout raconté.

— Qu'ont-ils dit ?

— Ils sont allés discuter et m'ont prié d'attendre au salon en buvant un verre ou deux. Moins d'une heure plus tard, des types sont arrivés, genre chinois, si vous voyez ce que je veux dire ?

— Tu parles que je vois !

— L'un d'eux m'a déclaré : « Mon gars, si t'as le malheur de l'ouvrir, tu seras impliqué comme complice dans une affaire de rapt et tu finiras tes putains de jours en cabane. Par contre, si tu la fermes hermétique, tu garderas ton nez propre et, en récompense de ta coopération, M. Farragus te casquera deux mille dollars, que choisis-tu ?

— Naturellement, t'as opté pour les fafiots, hein, Black ?

Il hausse les épaules.

Son mouvement paraît déclencher un coup de sonnette. Le timbre est mélodieux, sur trois notes. Il vibre longuement dans la maisonnette. Je bondis jusqu'à la pièce voisine pour cramponner le revolver du garde dont le ceinturon est accroché à un dossier de siège. Ça sert d'avoir une mémoire visuelle digne du music-hall, non ?

La lourde crosse râpeuse me rassérène.

A pas plus prudents je retourne sur le palier, manière de couler un œil par-dessus la rampe.

Et qu'avisé-je ? Cette garce de Barbara avec deux flics en uniforme. Silencieusement, elle leur montre le premier étage. Vous parlez d'une peau de banane, cette bonne femme ! Notez que je la comprends un peu. La seule manière possible d'arranger un peu les gamelles avec son croquant, c'est de chiquer à la malheureuse qu'on a droguée et violentée. Alors elle a rameuté les archers de Miami pour se refaire une virginité, prouver sa bonne foi au vigile.

Déjà les pandores s'engagent dans l'escadrin.

Je bondis jusqu'à la chambre et avec une promptitude qui ne serait pas croyable en d'autres circonstances, je défais les liens de Black.

— Ta vieille a alerté les poulets, lui dis-je. Si tu l'ouvres sur ce qui vient de se passer, la prédiction du Chinetoque se réalisera : on te foutra en taule pour tellement longtemps qu'un jour tu te souviendras même plus d'avoir vécu en liberté.

Là-dessus (ou là-dessous) les cops pénètrent violemment dans la chambrette.

Des mauvais. J' sais pas pourquoi les matuches américains sont si féroces. Rien qu'à les voir, vous faites glagla. Comparés à ces affreux yétis, nos poulets les plus sourcilleux, nos gueules de vache les plus patibulaires font songer à des nounours en peluche.

— C'est ces deux, là et là ! glapit la Barbara en nous montrant, Béru et mézigue. Et c'est le gros qui m'a violée !

— Qu'est-ce qu'a dit, la mère Prend-du-Prose ? s'inquiète ce dernier.

— Que tu l'as violée, gouaillé-je.

Il manque s'étouffer, Jumbo. L'injustice lui détraque l'aorte.

— Quoi ! mugit-il. Cette radasse escalade l'homme comme s'il serait un escabeau de cuisine, elle te prend le fade du siècle, que même l'arrivée de son vieux y arrête pas son panard, et le remerciement c'est d'appeler Police-Secours ! Laisse que j'y ramone le museau à c'te belette blette !

Menaçant, il s'avance.

... Juste assez près pour morfler un formide coup de goumi derrière les oreilles.

Z'ont des matraques impardonnables, les bourriques yankees. Longues et fines comme des zézettes de Saint-Cyriens, bien souples et renforcées tige d'acier. Le Gros ne dit pas le moindre « ouf » et s'accordéone sur le plancher.

A mon tour, *now*. Le plus musculeux des deux compères me cloue au mur avec sa torche électrique. Il me presse si fortement contre mon poitrail valeureux que je ne peux plus respirer. D'un geste preste, il me palpe, déniche le feu du père Black et l'enfouille.

— Hé, attendez, bredouille Black, pris entre sa peur du futur et le côté péremptoire du présent.

Les deux gros monstres ne l'écoutent même pas. Black se demande s'il doit insister, mais il se rend compte (et moi avec lui) que ce serait vain ; la formelle accusation de sa femme ; la manière qu'il est détrempé et le plumard inondé ; les morceaux de cordon épars ; les fils électriques noués au lit de cuivre ; le revolver trouvé sur moi sont autant de témoignages accablants pour nous. Essayer de nous blanchir entraînerait le gros cornard dans des complications sans fin.

— Passe-leur les poucettes, Billy ! ordonne le mec qui me cloue contre la cloison au moyen de sa lampe de ceinturon.

— Mais que se passe-t-il ? s'écrie une voix juvénile.

Miss Julia rentre de sa randonnée à moto. Elle a les cheveux décoiffés et le bout du nez rouge. Les deux matuches se tournent vers l'arrivante. Ils s'apprêtent à lui demander qui elle est, Barbara à le leur dire et Julia à répéter sa question. Black s'apprête à attendre la suite des événements et Bérurier, retrouvé, la lui fournit obligeamment.

Sacré Gros. On ne le changera jamais.

D'ailleurs à quoi bon ?

Depuis le plancher où il vautre (1), ce courageux citoyen de la France bien-aimée file un terrifiant coup de saton dans les testicules de son assommeur. Franchement, pour un homme sur le dos, la détente est impressionnante. A preuve, celui qui en hérite tombe tout de suite à genoux pour remettre en question son dîner.

Aussitôt, mon agresseur me désagresse afin de tirer son feu. L'espace d'un éclair (excusez, mais j'ai pas le temps de chercher une comparaison plus

(1) Note pour l'imprimeur : J'ai bien dit : « Il vautre » et non « Il se vautre ». Vautrer a beau être un verbe réfléchi, moi je l'utilise sans réfléchir.

travaillée) je me dis que si je n'interviens pas, il va balancer la fumée à l'ami Béru.

Aussi agis-je (c'est facile à lire, mais dur à prononcer). A la boule briochée, je l'entreprends. Une féroce plongée de bélier dans le placard du flic. Le cop écope et s'affale par-dessus son pote. Il se présente à portée de manchette d'Alexandre-Benoît, lequel se fait un devoir d'assaisonner ces bons messieurs du tranchant de la main. Tiac ! Tiac ! Leurs pommes d'Adam en prennent un vieux coup. Il est poly-glottes (1), mon cher A.-B.

Groggy, les bourdilles ricains. Les poumons pleins de vide. La gorge bloquée. Le faciès couleur d'améthyste. Le regard en orifice de serrure moyenâgeuse.

— Dedieu, soupiré-je, cette fois, c'est la grande mouscaille, Gros.

Bérurier se relève en massant le tranchant de sa chère main dévastatrice.

— Des enviandés pareils, qu'est-ce tu voudrais que j' te dise ? objecte-t-il péremptoirement.

Le geste auguste d'assommeur, il le conserve, croyez bien. Cette mandale qu'il allonge à la Barbara, mes frères ! Elle en traverse toute la chambre, la pétasse au gros Blacky. Naturellement, son vieux radine à la rescousse. Les bonshommes, inutile de vous faire un croqueton, vous en avez déjà vu, je

(1) Parfaitement, je veux « poly-glottes » et non « polyglotte ». Il y va de mes intentions profondes. Ma pensée est en marche, j'interdis qu'on lui fasse des croque-en-jambes.

suppose ? Au plus ils sont cocus, au moins ils permettent qu'on houspille leurs poufiasses. Intraitables sur le chapitre du respect dû au paillasson qu'ils se trimbalent. Ninette les coiffe d'une paire de cornes qui les empêcherait de passer par la grande lourde de Notre-Dame, mais ils exigent qu'on soye infiniment galant avec elle. Comme s'ils espéraient lui faire restituer à coups d'hommages déférents la vertu qu'elle a carbonisée à coups de zizi-panpan. Black, il a vu vergeter sa bonne femme avec brio, mais il n'a pas de rancune. Il veut bien qu'on la lui brosse, par contre il interdit qu'on la lui gifle.

Il se jette sur Gradube.

Nouvelle empoignade.

De courte durée car moi vous me connaissez ? Lorsque je décide d'en terminer avec un énergumène, je n'y vais ni de main morte, ni par quatre chemins, comme l'écrivait si joliment Georges Claudel dans son ode au maréchal Pégaulle (1).

Ce qu'on peut s'administrer comme torgnoles dans cette étonnante histoire ! Avec la torche électrique du matuche, que j'estoque Black.

Elle tombe pile cette lampe (si je peux me permettre). Pour Black, c'est le black-out complet.

Et de quatre.

Ne reste plus de valide, nous deux exceptés, que la môme Julia.

J'aime assez son attitude.

(1) Ça, c'est simplement, si par hasard se trouvaient des fins lettrés dans le tas.

— En somme, demande-t-elle, ça consiste en quoi ?

— Erreur judiciaire, lui résumé-je brièvement, en surveillant les cops pour gaffer qu'ils ne reviennent pas trop vite de leur erreur.

M'est avis que les événements se sont drôlement précipités au cours des dernières minutes. Je fais part à Béru de mes sinistres pensées.

— Calamitas ! soupiré-je. Il va falloir ligoter tous ces bonnes gens et les placarder dans cette piaule. N'empêche qu'à la maison Poupoule, les copains de service vont s'inquiéter de ne pas voir revenir leurs collègues. Ils enverront une caravane de secours, si bien que dans moins d'une heure on aura tous les perdreaux de Floride aux miches.

— Ben, c'était ton rêve depuis le début, non ? ronchonne le Mozart du passage à tabac. Tu contristais de pas voir foncer les bourdilles au moment du kidnappinge, eh ben c'te fois, on les a, mon pote ! Et pour se tirer les plumes de cette chaudière sans les mouiller, faudra que notre ange gardien ménage pas les siennes, moi je te le dis. En attendant, je vas toujours ficeler la petite pucelle ci-jointe, pas qu'elle nous joue le grand air de mes fils tôt à son tour ?

— Attends !

— Quoi ?

— Occupe-toi de tes chers administrés pendant que je vais bavarder avec mademoiselle.

Béru a la réflexion du siècle, les gars.

Alors que je lui demande de neutraliser quatre

personnes, dont deux vilains poulets bourrés d'armes, il murmure en me désignant Julia :

— Fais gaffe à toi, Sana ; les gerces sont si perfides !

CHAPITRE XIV

— Vous savez que vous me plaisez follement ? murmure Julia, tandis que dans l'écouteur annexe plaqué à mon oreille, une sonnerie d'appel bourdonne à petites stridences cérémonieuses.

Je lui souris.

Elle ajoute.

— Vous venez d'estourbir ma famille et une paire de flics, pourtant, malgré tout, j'ai confiance. C'est dû à quoi, selon vous, à votre charme ?

— Il faudrait qu'il fût bien grand, réponds-je. Je pense simplement que votre instinct féminin vous assure que, malgré les apparences, je suis un garçon honnête.

A l'autre bout, on décroche. Une voix ronchonne affirme « qu'on écoute », d'un ton qui vous ôte l'envie de parler.

Je fais signe à la gosse. Elle a du cran, Julia. C'est pas le genre de petite pétroleuse qui se laisse démonter par un froncement de sourcils.

— Allô ! fait-elle très doucement, ainsi que nous

en sommes convenus (je cause impec, hein ?), je voudrais parler à M. Farragus. Vite, je vous prie.

Le correspondant, on dirait que ça lui fait le coup du radeau, cette requête nocturne : il est médusé.

— Comment ça, M. Farragus ? rechigne-t-il. Je... Il... D'abord c'est de la part de qui ?

— De sa fille, répond la suave jouvencelle (de la belle souris).

Là-bas, il s'égosille, le standardiste.

— Pardon ! Vous dites ? De sa... Excusez, je vous avais pas reconnue, mademoiselle Farragus. Justement, votre papa est là... Il ne dort pas... Vous pensez, il est tellement inquiet. Quittez pas... Ça va, oui ?

— Oui, se contente de répondre Julia.

Et elle attend.

Le type s'affaire. Doit bredouiller des doigts pour dégauchir la bonne fiche. Un moment d'interruption, et soudain la voix anxieuse, veloutée, de Neptuno, coule dans nos tympans comme de l'eau de rose.

— Pearl ?

Faut que je prévienne les producs de cinoche en mal de jeunes vedettes. S'ils ont besoin d'une comédienne à propulser dans le firpapa des stars, qu'ils fassent faire un tronçon d'essai à miss Julia Black, Miami Beach. Du velours ! Du grand dard ! La Greta Garboche de l'époque, j'assure ! Rembourserai les frais si ça ne convient pas.

— Oh, daddy, soupire-t-elle, d'une petite voix frêle que nous avons travaillée ensemble, j'ai pu leur échapper, viens vite me chercher, je t'en prie...

— Mais où es-tu, ma chérie ?

— Chez des gens très gentils, près du « *Collin's Motel,* » à la sortie de Miami Beach.

Julia donne son adresse.

— Ils ne t'ont pas fait de mal, j'espère ? s'inquiète Farragus.

— Non, non... D'ailleurs je crois qu'ils ont pris peur et se sont enfuis. Viens vite, daddy !

— J'arrive.

Elle raccroche.

— C'était O.K. ? me demande Julia.

— A mon avis, ça doit valoir 20 sur 20, mon chou.

Béru radine en brandissant un pistolet capable de percer vingt coffres-forts disposés à la queue leu leu (1).

— T'as vu comment ils sont outillés, les collègues d'ici ? Pas étonnant qu'ils nous gagnent nos grandes guerres avec des engins pareils !

Il soupèse l'arme et en fourbit le canon avec sa manche après l'avoir frotté contre les ailes (déployées) de son nez pour le graisser.

— Je le garderai en souvenir, annonce-t-il. Et, par testament, je le légaliserai au musée de l'armée.

Je déclare à la Fondation Bérurier que l'heure des rêves n'a pas encore sonné. Nous quittons la maison presto car la « Résidence » n'est pas très éloignée de la Black's house et Farragus risque de se pointer d'une minute à celle d'après.

(1) La plus longue de toutes les queues !

La nuit est claire comme un exposé de M. Giscard-Destin.

Des étoiles tremblotent de trouille au-dessus de Cap Kennedy. De part et d'autre de la crèche à Tonton Blacky d'autres espèces de cottages se pressent. En face, comme précisé plus haut, il y a le « *Collin's Motel* ». Un truc pour touristes décheux, style case de l'oncle Tom. Ce pourrait être original, l'ennui c'est que ça fait vraiment case. On a bâti ce motel à l'éconocroque. Une haie de palmiers nains sépare les constructions de la route.

— Tu vas aller attendre dans la bagnole, Gros, recommandé-je. Moi, je me planque derrière ces touffes de palmiers avec Julia.

Le Proéminent se caresse le lobe.

— En somme, t'espères quoi donc ? demande-t-il.

— La venue de Farragus, tout bonnement. Lui seul a les bras assez longs pour écraser le coup avec les flics. Nous savons qu'il veut tenir la police à l'écart de cette affaire, donc, lorsqu'il apprendra ce qui vient de se passer, il se démènera pour que puisse se poursuivre sa politique du silence. Il doit sûrement avoir dans sa manche une tripotée de sénateurs, de gouverneurs, de chefs de police auxquels il téléphonera pour museler nos deux matuches. De la sorte, nous serons peinards côté poulets, ce qui est appréciable.

Pépère cligne de l'œil.

— Mince, on dira ce que tu voudras, mais t'en trimbales plein la cafetière, Mec, complimente mon ami. Et ton marc de caoua n'est pas éventé.

*
* *

Tenir une planque dans ces conditions, croyez-moi, c'est du bonheur. Au milieu de notre palmeraie (au beurre noir) miniature, on fait un peu couple de lièvres, Julia et bibi. On est lièvre à lièvre.

Nos chaleurs animales se confondent. Il y a communication directe ; surtout que cette petite salingue me palpe doucettement la tubulure, profitant de ce que je n'ai pas ma pleine liberté de mouvement. Deux gerces qui te violent au cours de la même soirée, avoue que ça fait un peu beaucoup. C'est pas le répondant qui me manque, je vous rassure, mais la quasi-répétition du procédé me confond. De nos jours, la gonzesse est devenue escaladeuse. Autrefois elle chichitait à bloc pour te faire croire à des vertus. Te rebuffait, appelait maman, griffait au besoin. Quand tu lui escaladais le mont de Vénus, t'éprouvais franchement un sentiment de victoire. Maintenant, tout a changé. C'est le mâle qu'est convoité et qu'on renverse. Les garçons pas trop locdus de leur personne doivent protéger leur vertu. Croiser les jambes en se coinçant bien Coquette. Porter des slips en cottes de mailles. Rester vigilants du devant et de l'arrière, because les pédoques aventureux. Le temps que tu t'inclines pour regarder si ton pneu est bien gonflé et tu dérouilles un trognon dans le prosibe. Tu lèves les bras pour choper quèque chose sur une étagère et déjà une main plonge dans ton calbuche plus vite qu'en un bénitier. Il est traqué, le julot d'aujourd'hui. Ses bas morcifs surchoix éveillent toutes les cupidités. L'onanisme est en perte de vitesse ; fatalement, il a plus le temps de traiter sa petite affaire de la main à la main, le garçon moderne. On lui va au-devant du désir. On l'assèche comme marais Pontins. Ne sait plus à qui donner de la glande. L'est dévasté fondamentalement. Ses érections crottées en bourse. N'a plus le temps de se refaire une santé, d'un assaut à l'autre. On l'exprime comme l'hévéa. Le pin des Landes ! Il a ses petits godets accrochés au tronc pour recueillir la précieuse gomme. En permanence. Ça tourne au goutte à goutte. On le déperfuse.

— Le voilà ! soufflé-je.

La môme ne répond pas car elle a la bouche pleine. Une bagnole longue comme un wagon de chemin de fer s'avance lentement.

Puis s'arrête devant la porte des Black (que j'ai laissée entrouverte). Ils sont trois à l'intérieur. Deux devant, un derrière. Celui de l'arrière, c'est Neptuno. Les deux gars de l'avant sortent simultanément, comme dans les cortèges officiels. Deux diables jaillissant de leur boîte, ainsi que l'écrivait Alfred de Monterland dans *Rustica,* y a pas si longtemps.

Je tressaille. Non pas à cause de la caresse singulièrement hardie que m'aventure Julia, mais parce que je reconnais l'un des deux gorilles de Sa Majesté Farragus Ier.

Rêvé-je ?

Point du tout ! Vous n'ignorez pas ce que je pense de l'irrationnel.

Le gros balèze en question n'est autre que Beulmann, l'homme qui nous a accompagnés à Miami Beach. Mme Farragus et moi, au début du tantôt.

Oui, je dis bien : Beulmann. Vous vous rappelez qu'il est tombé criblé de balles sous nos yeux, en pénétrant dans la chambre de Pearl ?

Eh ben c'était de la frime, mes copines. De la poudre aux châsses !

Une mise en scène... Comme le reste.

Le reste, c'est-à-dire le coup de téléphone de Neptuno à sa fille. J'y ai beaucoup repensé : un montage sonore. *Le Milliardaire a téléphoné en play-back.* On avait « préparé » un enregistrement AVANT que je kidnappe Pearl. Neptuno voulait faire croire que sa môme se trouvait toujours à la « Résidence » puisqu'il a fait réaliser cet enregistrement. *Donc il savait qu'elle allait en partir !*

Sidérant, hein ?

Je m'y perds. Vous aussi, bien sûr, mais vous avez l'habitude. Somme toute, je remplace un casse-tête par un autre. Des devinettes télescopiques ! Il va en sortir encore long, comme ça ?

Beulmann ouvre la portière à Farragus qui sort de son véhicule avec une souplesse chabandelmienne. Les trois personnages s'approchent de la porte et sonnent. Depuis ma planque, je perçois le timbre mélodieux. Je vois la scène en pointillé à cause des bagnoles déferlant entre eux et moi.

Comme ça ne répond pas, et pour cause, ils poussent la lourde et entrent.

— A moi de jouer, dis-je à la gosse après lui avoir

retiré mon féminin de pin de la bouche (1). Va rejoindre mon ami dans la bagnole, là-bas en face de la roulotte à hot dogs, et dis-lui de suivre discrètement Farragus lorsqu'il partira.

Après quoi, je m'élance hors de ma cachette végétale pour gagner l'automobile du milliardaire. Par veine, la malle de son bolide s'ouvre sans l'aide d'une clé. Je m'enfourne à l'intérieur. Je rabats le couvercle. Ce coffre est immense. On y filerait une demi-douzaine de Jacques Soustelle sans mal, c'est dire si un homme seul y a ses aises. Extirpant mon canif de ma poche, je me mets à percer un trou dans le fond de la malle, afin d'être en communication avec l'habitacle de l'auto.

Me reste plus qu'à attendre.

Et à espérer qu'ils n'ouvriront pas le coffre.

***

Le plus surprenant, c'est que je manque de m'endormir tant est profonde ma fatigue. Ces deux dernières journées furent rudes, comme eût dit l'aimable Damien. L'immobilité et l'obscurité m'enveloppent d'une langueur monotone. Bientôt je drague dans des limbes indécis, perdant la notion du temps. Ma somnolence s'accentue. Je suis bien. C'est capitonné...

(1) Non, écoutez, franchement, je suis un peu con, mais c'est marrant.

Des claquements de portière... La valse des amortisseurs. Et puis la calme trépidation du moteur...

Je m'éveille de fond en comble. L'air étant chiche, je me sens la tête lourde. Un murmure de conversation me parvient. Je plaque mon oreille au trou. Je peux entendre ce qu'ils disent. Pas très distinctement, mais ma vaste intelligence (1 m 60 × 2 m) me permet de combler les vides et de reconstituer les phrases au fur et à mesure.

— Pour un coup fourré, c'est un coup fourré, fulmine Beulmann. Selon vous, m'sieur Farragus, il vous aurait fait téléphoner par la fille de ce Black ?

— Certainement !

La voix de Neptuno est tranchante. Un vrai coutelas de louchébem.

— Et il a embarqué la môme ?

— Puisqu'elle n'est plus là !

— Dans quel but, ce coup de téléphone ?

— Pour me faire museler la police, je suppose.

Dites, il est pas constipé des méninges, mon client. En v'là un qui se coltine sa dose de matière grise !

Ici une question de Beulmann que je n'entends pas. (N'oubliez pas qu'il se tient à l'avant de la pompe, donc éloigné de moi).

— Ils sont venus questionner Black, lui répond Farragus. L'intervention des deux flics les a obligés à agir. Les ayant neutralisés, ils ont compris que ça allait chauffer pour eux et qu'ils seraient vite traqués. Alors ils ont compté sur mon intervention, et ils ont eu raison...

Un temps, pour me permettre d'apprécier sa jugeote. Puis il dit :

— Vous allez rester ici, Beulmann. Dès que ces deux abrutis de flics seront partis, interrogez Black. Je veux savoir ce qu'ils lui ont demandé et ce qu'il leur a appris.

— O.K. ! m'sieur Farragus.

Nouveau claquement de portière.

— A la « Résidence » ? demande le chauffeur.

— Pas tout de suite. Faites un crochet par le zoo.

On se met à rouler.

CHAPITRE XV

S'il est difficile d'évaluer le temps, lorsqu'on est prisonnier d'un coffiot de bagnole, il est plus duraille encore d'apprécier les distances. Dans cette posture, une automobile ne vous paraît plus motrice. C'est une caisse qui trépide. Une malle à ressorts... Ça dansotte gentiment avec un bruit de pneus suçant l'asphalte.

Mollement bercé, je me préoccupe de pouvoir respirer plus confortablement. Quand on a pris l'habitude de l'oxygène, il est difficile de s'en passer. La sueur me ruisselle sur tout le corps et une brûlure étale emplit mes poumons.

En tâtonnant, je dégauchis la trousse à outils derrière la roue de secours. Ces grandes tutures possèdent un matériel de réparation digne du plus moderne atelier. Vous parlez d'un chouette établi, ma révérende ! Des pinces, des tournevis, des marteaux, des tenailles, des bougies (pour votre anniversaire), du chatterton, que sais-je encore ?

Je choisis au toucher le plus gros des tournevis et je l'engage dans la bande de caoutchouc mousse bordant l'ouverture du couvercle. Suffit de forcer un brin et de peser sur le manche pour obtenir un interstice par lequel je peux téter les douces mamelles de la nuit (1).

Ouf ! ça va mieux...

Quelques virages très secs (il n'a pas plu depuis six mois) me font bringuebaler comme une cargaison désarrimée. On opère une première halte, très brève. Un coup de klaxon impératif me donne à croire que nous nous trouvons devant un portail fermé. Fectivement, y a de la grincerie peu après et on reprend sa route à allure modérée.

Quelques tours de roues encore, et puis on stoppe. Les deux occupants de la pompe en descendent et s'éloignent.

— A toi de jouer, San-A. ! m'exhorté-je.

Je me mets à chercher le verrouillage de la malle. L'ayant trouvé, je manipule le taquet de conjugaison à prisme octogonal (2). La serrure devrait aussitôt jouer et les ressorts de la charnière soulever le couvercle.

Eh ben, que nenni, mes bichettes à museau rose : le mécanisme ne fonctionne pas. Je m'arc-boute pour pousser du dos. Nothing ! Je pige alors qu'en forçant le bord du couvercle pour respirer, j'ai faussé le

(1) Çui-là, c'est pas que j'en sois content, mais il plaira aux dames de la bonne société.

(2) Toute phrase est un vers. Lorsque les termes précis vous manquent, il suffit de reconstituer le rythme, au moyen de n'importe quels mots.

bazar de mes quenouilles auburn. Me v'là bel et bien enfermé dans ma malle, telle une gentille momie dans son sarcophage. Sale impression ! Fureur désespérée ! Soif de liberté ! J'ai besoin de mouvementer. Me faut de l'espace, beaucoup ! Je rêve de steppes. Le désert d'Arizona ? Je suis preneur ! Le Grand Nord ? Mettez-m'en six caisses ! Vive l'Océan Pacifique ! Je rebiche mon tournevis. L'engage dans cette *name of god* (1) de serrure. Je tire un grand coup (je suis coutumier du fait). Tous mes muscles bandés (toujours coutumier du fait). Rrran ! Ça craque. Une bouffée de grand air chargé d'odeurs suffocantes. La malle bée. Merci, San-Antonio ! Je saute de mon poule-manne (2). Veux rabattre le couvercle. Vacherie ! Il ne peut plus fermaga. Les coffiots de bagnole, remarquez, c'est toujours comme ça : ils ne s'ouvrent pas, ou bien ils refusent de rester bouclés.

Il faut, cependant ! Ingénieux comme M. Dassault, lequel regardant circonvuler un fer à repasser chez sa blanchisseuse s'écria : « Tiens-tiens » car il venait de concevoir le Mirage I, je bloque la porte du coffre avec mon précieux tournevis. J'aime que mes personnages ne se perdent pas en cours d'action, fussent-ils tournevis.

Ces bricolages achevés, je mate autour de moi. Un aveugle saurait où il se trouve.

(1) Je les balance en anglais, ça fait moins impoli.

(2) Littéralement : panier à flic. Ah, les mots ! Les chers mots, si tant magiques... Qu'est-ce que je vais me faire ch... dans mon cercueil, moi, s'ils oublient de m'y foutre de quoi écrire.

A l'odeur.

Ça chlingue la ménagerie, les gars.

On se croirait au petit matin dans la chambre à coucher des Bérurier. Leur période fauve !

D'ailleurs, n'a-t-il pas parlé de zoo, Farragus ? A ma gauche se succèdent des bâtiments bas, des grilles... A ma droite un vaste bassin puant l'eau croupie et la fiente de mammifères marins... Bravo Flipper !

Droit devant moi, une construction carrée, un peu plus haute que les autres et entièrement recouverte de carreaux de faïence. Cela ressemble à un gigantesque édicule public. Pas de fenêtres à salement parler (1), mais une longue verrière trop dépolie pour être au net court sous le toit et sur toute la longueur du bâtiment. De la lumière brille (fatalement) à l'intérieur de ce dernier. Je m'approche à pas de loup (ce qui dans un zoo est chose banale). Une porte à deux battants est là, qui se propose à ma curiosité.

Ma curiosité l'accepte.

Je risque un œil.

Le spectacle est trop effarant pour que je me contente d'un seul.

Le bâtiment est réservé aux serpents. Une grande allée centrale le traverse de bout en bout, qui part de la grande porte pour aboutir à une autre grande porte. De part et d'autre de cette travée, il y a des cages vitrées. Les reptiles ondoient sur des lits de

(1) Pourquoi toujours dire « à proprement parler » ?

sable, s'enroulent à des faux branchages en ciment, se lovent sous des touffes végétales... Mais que je vous raconte... En plein mitan du local, l'allée se divise en deux pour encercler une immense cage circulaire, faite de grillage à grosses mailles. Au milieu de cette loge ronde s'élève un arbre. Il est mort, mais c'est un vrai arbre, en bois !

Apparemment, la cage est vide. C'est ce que je me dis de prime abord. Une attention plus soutenue me rapatrie de mon erreur. Autour de l'arbre mort, l'est un méchant boa, les amis ! Un dodu, un mahousse, un verdâtre, à tête sournoise. Il est si parfaitement plaqué à l'arbre qu'il ressemble à un reliquat de végétation de ce dernier. En matant attentivement, on s'aperçoit qu'il bouge un peu des extrémités. Faiblement. Vu, enregistré, pas de questions à la noix ?

Parfait, je poursuis, histoire de continuer. Dos à moi, se tient Neptuno. Un Chinois lui tend quelque chose. Il s'agit d'un masque. Un masque de Chinois ! Y a de la logique dans leurs simagrées, non ? Le milliardaire se file le masque sur la pipe.

— Il n'y a pas de danger ? demande-t-il.

— Aucun, assure le Chinetoque.

— Alors, allons-y.

De quoi veulent-ils parler, hein ?

Dites-le-moi, ça me rendrait service...

Vous ne savez pas ? Alors attendons, nous allons sûrement l'apprendre.

Le Chinois sort. Malgré la température élevée, Farragus relève le col de son veston gris et recule dans une zone d'ombre due à un grand panneau chargé d'éduquer les visiteurs.

Quelques minutes...

Que va-t-il se passer ?

Bon, ben si vous l'avez deviné, c'est pas la peine de le dire aux autres, bande de truffes ! Quels casse-cabanes vous faites, mes salingues ! Toujours à essayer de me scier les pieds de la chaise !

A l'autre extrémité du vivarium, la deuxième porte s'ouvre pour livrer passage à deux Jaunes encadrant Ann Farragus.

L'épouse du roi de l'aéronautique cligne des yeux à la vive lumière des lieux. Elle regarde. Voit où elle se trouve et a un brutal mouvement de recul.

— Non ! Non ! s'écrie-t-elle (1).

Les deux jaunes-gens (2) la poussent, sans brutalité mais assez inexorablement.

Elle se cabre.

— Je vous en prie, je ne peux supporter les reptiles. C'est physique...

L'idiote ! C'est bien sur sa phobie qu'ils comptent, ces petits malins, vous pensez... Comme quoi les femmes les plus intelligentes deviennent puériles lorsqu'elles ont peur.

Comme elle refuse d'avancer, le plus grand des

(1) En anglais, ça donne No, no... Et j'ai envie d'ajouter Nanette. Seulement l'instant est trop critique. Je me casserais l'atmosphère, ce qui serait ridicule.

(2) Plus avant, j'ai déjà fait « jaune homme », mais j'avais envie de vous offrir le pluriel pour votre collection.

deux gonzes (ou des deux bonzes, c'est à voir) la ceinture par-derrière et la soulève de terre pour l'emporter. Son acolyte ouvre la cage du boa. Mme Farragus pousse alors des cris d'orvet (1). Elle a beau regimber, la voici dans la cage. Ces messieurs referment la porte à clé.

La malheureuse secoue la grille éperdument en glapissant plus fort que tous les renards, les chacals, les éperviers et les grues du zoo réunis.

— Vous venez de le réveiller ! déclare alors l'un des deux puérils jaunes. Il a le sommeil si léger.

Fectivement, le boa remue nettement, comme un mec qui s'arrache difficilement des toiles et qui cherche du bout (j'ai pas dit Dubout) du pied ses pantoufles sur la descente de bed.

La terreur d'Ann se fait muette. La trouille portée à son paroxysme devient silencieuse. Tenez, voyez un contribuable par exemple, la façon qu'il hurle lorsqu'il reçoit sa feuille jaune, et comme il se tait, brusquement, quand il se trouve en face de son contrôleur. Lui cause d'une voix blanche. On dirait une converse de confessionnal. « Pardonnez-moi, mon père, parce que j'ai beaucoup gagné. » Il a des petits rires pleutres, des mimiques amadoueuses, le gosier qui dérape... La cage thoracique qui ratatine.

Le deuxième Chinois, celui qui jusqu'alors sem-

(1) Je préfère « orvet » à « orfraie » c'est plus en situation. Si je te souligne pas la chose, tu la remarques seulement pas ! La différence entre orvet et orfraie, t'en saurien, hein ?

blait vouloir faire jaune et abstinence (1) s'approche de la chère madame. Elle lui tend une main désespérée de l'autre côté du grillage. Il feint d'ignorer ce geste pathétique.

— Madame Farragus, dit-il, vous avait fait kidnapper Pearl, votre belle-fille, n'est-ce pas ?

Le ton est doucereux. Très bas. Cordial.

— Oh, non ! Non ! Non ! Je jure que non ! répond Ann plus faiblement encore.

— Pourtant c'est vous qui avez introduit cet homme auprès de votre mari ?

— Parce que j'étais intriguée.

— C'est vous qui avez insisté pour aller avec lui à la « Résidence » !

— Je voulais savoir. Je sentais que quelque chose venait de s'y passer... Quand cet homme, ce San-Antonio est venu me parler, je l'ai cru.

Il y a un silence éperdu.

Le Chinois a un jaune sais quoi (2) de terrific. Son impassibilité, je suppose ?

— Je crois que vous n'êtes pas encore disposée à dire la vérité, madame Farragus, déclare-t-il. Nous nous verrons plus tard...

Ils repartent, lui et son ami. Et ces diaboliques coupent la lumière en sortant.

L'effet est saisissant, mes frères. Vous imaginez un

(1) Je vais essayer d'en trouver encore d'autres, mais ça ne va pas être fastoche.

(2) Qu'est-ce que je vous avais annoncé ? Ah, je me connais, allez ! Je me demande même pourquoi, me connaissant comme je me connais, je continue de me fréquenter !

peu le topo. Cette malheureuse folle de terreur dans la cage du boa. EN PLEINE OBSCURITE ! Elle ne perçoit que le glissement feutré, cloaqueux, de l'énorme reptile qui se déroule lentement.

Elle lance un cri terrible. Un cri annonciateur de la folie imminente qui la gagne.

— Noooooooon ! Revenez !

Ils sont psychologues, les Chinois (1). Savent reconnaître l'instant propice ; la seconde clé. Intervenir opportunément, tout est là !

Ils rallument et s'avancent.

— Parlez, madame, fait l'homme aux yeux bridés.

— Je jure que je ne suis pour rien dans l'enlèvement de Pearl ! hoquette Ann.

Le zig a un claquement de doigt pareil à une brisure de branche morte. Son pote ressort.

Quelle va être la suite des événements, dites ? Elle ne peut rien avouer, la pauvre dame, puisqu'elle ne sait rien ! Puisque c'est le gars bibi le coupable. Ah ! que ne disposé-je d'une mitraillette, ou autre babiole de ce genre, histoire d'intimider ce joli monde et de libérer Mme Farragus.

Le deuxième Jaune revient. Il n'est pas seul. Maud, ma jolie petite camarade, l'accompagne. Elle est vêtue, cette fois. Elle porte un bermuda et un chemisier jaune, des chaussettes blanches... C'est vachement excitinge, la chaussette, quand c'est bien porté. Je connais des pédoques qui assistent à des matches de football uniquement à cause des chaussettes des joueurs.

(1) Je continue de les appeler chinois au bénéfice du doute.

L'infirmière s'avance jusqu'à la cage d'une allure décidée.

— Maud ! lamente faiblement Mme Farragus. Oh ! Maud...

Mais Maud manque de compassion. Elle a ce visage faussement impénétrable des judas qui tentent de camoufler leur trahison en esprit justicier.

— Vous feriez mieux de tout dire ! jette-t-elle insolemment à sa patronne.

Dans la cage, le boa se déroule comme l'action dans un ouvrage de M. Robbe-Grillet : très lentement. A vrai dire il n'a pas l'air de se passionner pour Ann Farragus. Simplement, elle l'importune. Alors il cherche une position plus adéquate lui permettant d'oublier cette présence importune dans son domaine.

Le seul fait que le reptile remue met le comble à la frayeur d'Ann.

— Sortez-moi de là, je n'en peux plus ! supplie-t-elle. Quelle horreur, je vais mourir ! Vite !

— La vérité au sujet de Pearl ! fait le Chinois, en élevant un peu le thon (1).

— Je ne l'ai pas fait kidnapper !

— Nous allons éteindre et vous laisser ici jusqu'au matin, madame Farragus. Si vous êtes toujours vivante à ce moment-là, peut-être direz-vous la vérité !

— Non ! Ecoutez... Je jure que je ne suis pour rien dans son enlèvement. Par contre je peux vous avouer quelque chose...

(1) Il est pêcheur à ses moments perdus.

Jusqu'ici, j'étais au supplice, mes bons asticots. J'avais honte de ne pas intervenir pour stopper le martyr de cette femme. Mon silence la torturait. Je pouvais, en me manifestant, la délivrer. Et tout à coup, changement : elle me paraît autre ! A travers sa peur, je lui découvre un nouveau visage. Et cette figure qui m'est révélée n'a rien de commun avec celle que je lui connais. Elle est dure, elle est noire.

— Que pouvez-vous nous avouer, madame Farragus ? Dites-le vite, sinon je siffle d'une certaine manière et votre compagnon de cage quittera son arbre pour s'enrouler à vous. A dire vrai, il n'est pas foncièrement méchant, seulement il ne connaît pas sa force. Un jour, pour voir, on l'a mis en présence d'un mouflon. Au bout d'une heure, le mouflon ressemblait à une carpette roulée, et au bout de dix il avait disparu, cornes comprises...

On dirait qu'il récite un poème en prose, notre jaune ami. Sa monocordie, chose curieuse, renforce l'horreur de ce qu'il dégoise.

Ann Farragus l'écoute sans perdre le boa des yeux. Elle se gave d'épouvante, comme Gavarnie se gave de Pau (diraient j'en suis convaincu, mes adorables confrères Francis Dac et Pierre Blanche) (1).

(1) Dire qu'il existe des gens qui préfèrent François Mauriac à Pierre Dac. Comment se peut-ce ? Si je devais écrire une biographie un jour, j'écrirais celle de Pierre Dac. Je voudrais tant expliquer aux cons et aux jeunes l'importance de cet homme dans la pensée moderne. Pierre Dac est à l'esprit d'aujourd'hui ce que Charles Trénet est à la chanson. Merci, Pierre Dac, de nous avoir enfoncé tant de portes !

— Eh bien, dites, madame Farragus ! Dites !

Elle hoquette.

— Pearl n'est pas malade !

Le silence qui succède à cette déclaration est si profond qu'on entend glisser les reptiles dans leurs cages.

— Qu'est-ce que j'avais dit ! s'écrie brusquement Maud. Et l'on ne voulait pas me croire...

Le Jaune vient tout contre la grille.

— Madame Farragus, chuchote-t-il. Qu'entendez-vous par « Pearl n'est pas malade ! »

— Je me suis arrangée pour faire croire...

— A sa leucémie ?

— Oui. Je lui ai fait administrer certains produits qui provoquent les symptômes de cette maladie. C'est... C'est mon ex-mari qui m'a guidée, m'a aidée...

— Vous aviez combiné ça avec lui ?

— Il en a eu l'idée...

— Quand ?

— Lorsque Neptuno m'a eu retrouvée et m'a demandé de divorcer tout de suite. Je ne voulais pas. Mais Robert m'a expliqué qu'il ne fallait pas laisser passer une occasion pareille. Pour notre fils handicapé à vie. Nous n'étions pas riches. Mon ex-mari avait un modeste cabinet insuffisant pour assurer une vie confortable à notre enfant, plus tard...

— Si bien que vous vous êtes décidée à divorcer et à épouser M. Farragus ?

— Exactement.

— Ensuite de quoi, vous n'avez plus eu qu'une idée : vous débarrasser de sa fille ?

— Oui.

— Espérant amener ensuite votre actuel époux à tester en faveur de votre fils ?

— Oui.

Là, il y a comme un temps mort. Plus mort que vif pour Ann Farragus qui voit le boa se désenrubanner de son arbre. Le Chinois contourne la cage pour s'approcher de Neptuno, toujours tapi dans l'ombre. J'oserais, j'ajouterais : immobile comme une statue, tant l'image est fidèle à la réalité. Mais je m'abstiens car, en général, une statue ne parle pas. Or, Neptuno Farragus chuchote. Le Jaune acquiesce, revient à la cage.

— Madame Farragus, comment vous y êtes-vous prise pour faire admettre que Pearl était leucémique ?

— Au début, je lui ai administré une drogue qui l'a rendue malade. J'étais seule avec elle à la « Résidence ». J'ai appelé un médecin. Ce médecin était Robert qu'elle ne connaissait pas. Il lui a fait subir un traitement grâce auquel elle a bientôt présenté tous les symptômes de la leucémie. Les spécialistes eux-mêmes s'y trompèrent car chaque fois, les analyses étaient communiquées par les laboratoires directement à Robert, lequel les falsifiait avant de les répercuter ici.

— Vous la faisiez en somme périr à petit feu sous couvert de sa fausse maladie ?

— Je... J'ai perdu la tête. Je n'aimais pas Neptuno... J'étais jalouse de cette fille riche et désœuvrée... Vous ne pouvez savoir le calvaire que représente pour une mère le fait d'avoir un enfant paralysé à vie... Cela tournait à l'obsession, au cauchemar...

Ses nerfs achèvent de craquer. Elle se met à hurler de façon continue, en pleine hystérie.

A ce moment-là, Neptuno quitte son poste d'observation et marche à la cage. D'un geste de robot pensant, il arrache son masque. Ann l'aperçoit. De saisissement, se tait. Les deux époux s'affrontent. Je ne vois pas la gueule du milliardaire pour l'élémentaire raison qu'il me tourne le dos, mais je vois celle de sa femme. Une autre épouvante succède à la première. Elle se transforme de plus en plus irrémédiablement. Elle vieillit. Elle est vieille. Ravagée. Finie. Disloquée...

— Ann, murmure Neptuno.

C'est la plainte d'un amour assassiné. Tout ce qui subsistait de tendre dans cet homme vient de s'évaporer.

Il se ressaisit, à peine son gémissement exhalé.

Elle murmure, hagarde :

— Neptuno !

On se croirait à la fin d'un film genre « Eternel Retour ». Ann-Neptuno ! Neptuno-Ann ! *The end of a love story.* Musique douce... Contre-plongée sur le ciel où se bousculent des nuages malmenés par la tempête.

— La petite Maud avait des doutes, dit-il. Un jour, elle m'a pris à part et me les a révélés. Je n'ai pas voulu la croire. J'ai failli la gifler. Je me méfiais car cette gosse est amoureuse de moi. Je me disais : les filles amoureuses sont fanatisées, donc capables de tout. Je ne me doutais pas à quel point ! Elle est revenue à la charge. Je me suis mis à étudier votre comportement. Certaines de vos démarches m'ont troublé. Vous preniez un peu trop à cœur la maladie de ma fille. Vous étiez toujours présente lorsqu'il s'agissait de lui faire subir des tests. C'était vous qui preniez les grandes décisions, concernant sa maladie et la façon de lutter contre elle. Maud aidant, j'ai fini par être gagné par le doute, Ann.

« Alors nous avons échafaudé toute une mise en scène, avec certains bons amis ici présents que disons je... heu... patronne. Ils devaient emmener Pearl dans un hôpital spécialisé, à Houston. Mais vous ne deviez rien savoir. On a préparé tout un système de montages sonores avec la voix de ma fille, captée à son insu au cours de ses communications téléphoniques avec vous. Celles-ci étaient tellement rituelles et immuables que la chose fut facile. Notre technicien du son composa toute une programmation des différentes répliques susceptibles de convenir à vos différentes questions. Bref, tout était près, lorsqu'on a enlevé Pearl. J'ai tout de suite su que vous étiez à l'origine de ce rapt. Alors j'ai eu peur. Je me suis dit : « Surtout éviter l'intervention de la police. Ensuite, ne rien brusquer. » J'ai usé du montage que nous avions programmé pour vous dérouter.

« Lorsque vous êtes venue — avec quelle impudence ! — dans mon bureau en compagnie de ce type, j'ai utilisé le système de renvoi, sachant bien que vous n'auriez rien de plus pressé, dès lors, que de vous précipiter à la « Résidence » afin de vérifier si Pearl s'y trouvait. Je vous ai adjoint Beulmann, lequel était prévenu de ce qu'il avait à faire. Par exemple surveiller votre comportement, intervenir au cas où vous auriez appelé vos complices en quittant mon bureau. A la « Résidence », tout était prêt pour vous recevoir. Dans l'hypothèse où nous nous serions trompés à votre endroit — l'amour vous cheville la crédulité au cœur, ma chère — nous vous aurions fait croire à un attentat dirigé contre ma puissance.

Il s'essuie le front avec un mouchoir de soie.

— Vous êtes une foutue garce, Ann. Et une criminelle. Je veux savoir ce que vous avez fait de ma fille, et vous allez me le dire. N'oubliez pas que vous avez affaire à Neptuno Farragus. Et sachez que Neptuno Farragus ne recule devant rien pour parvenir au but. Devant rien, Ann ! Devant rien !

Il hurle si fort que les vitres des cages en vibrent.

— Vous m'entendez ?

— J'ignore tout de cet enlèvement. Je vous le jure, Neptuno !

— Gardez vos serments, ma chère.

Il adresse un signe au jaune et va se placer de l'autre côté de la cage, près de Maud qui, triomphante, s'accroche doucement à son bras.

Le supposé-Chinois (un milliard d'habitants, j'ai quand même une chance de ne pas me gourer, non ?) glisse ses deux médius dans sa bouche et émet un long trémolement bizarre.

Mister Boa est un animal dressé. L'obéit p't'-être ni au doigt ni à l'œil, mais pour ce qui est du sifflet, il répond présent, comme les enfants qui t'aiment à l'appel suprême du Maréchal Pétrin.

V'là donc la bébête qui descend, qui descend...

Qui rampe vers Mme Farragus d'un pas de sénateur (si vous voulez bien me permettre cette hardie métaphore). La malheureuse, mais néanmoins pure salope, veut fuir. Le boa se marre. Tout le monde retient son souffle. La dame prisonnière pousse des cris que je n'ai encore jamais ouïs nulle part et qui me reviendront plus tard dans des cauchemars. Le boa hésite. Il se soulève. Dodeline.

La façon qu'il fond sur Ann est inqualifiable, aussi vous pensez bien que pour le prix que vous payez ce bouquin je vais pas me casser le dargif à vous la qualifier. Déjà, j'en donne trop, au point que mes collègues m'envoient des babilles recommandées comme quoi je gâche le métier et carbonise la profession !

Bref, le boa s'enroule comme une lanière de fouet autour de ma sœur Ann qui n'a rien vu venir.

Oh ! ce cache-nez, ma doué ! De la gorge aux chevilles !

— Parlez, Ann ! s'écrie Neptuno.

Cause à mon c..., oui ! Elle ne peut pas en casser une, Mme Farragus. Ceci pour deux raisons que je vous cite dans l'ordre croissant d'importance : primo elle ne sait rien, et deuxio elle est morte. Le coup du casse-noix ! Tout a craqué en même temps. Brrraouac ! Il fait pas de détail, l'ami cinq z'anneaux.

Il connaît le boa-ba du métier. Ce magistral coup de queue, papa ! Un boa constricteur, ça ? Laissez-moi pouffer ! Ça y est, je pouffe ! Destructeur, oui !

Ce qui s'opère alors dans cette cage illuminée défie l'entendement, la vue, la morale et le système nerveux. J'en ai les cannes qui tremblent. Mon cœur fait des bulles d'air. Il me vient un point dans le dos.

Un point ?

Non, c'est seulement le canon d'un revolver.

— Lève tes pattes, espèce de cloche ! m'ordonne une voix plus caverneuse que le gouffre de Padirac.

Zob-t'en perds.

Un léger coup de regard par-dessus mon épaule me permet de reconnaître le gros, le grand, l'ignoble Beulmann. Allons bon ! me direz-vous ?

Je me le dis de même.

Très simplement.

CHAPITRE XVI

Un policier auquel on passe les menottes, c'est aussi triste qu'un radiologue en train de développer son propre cancer.

Moi, si vous voudriez mon avis, comme dit Béru, il a dû être poulaga, Beulmann, dans un premier temps. La manière rapide qu'il vous assujettit le cabriolet ne trompe pas. Il a le coup de poignet du technicien. Seul un pro ou un ancien-pro peuvent dextériser de la sorte.

Lorsque je suis entravé, il me regarde en ricanant.

— Pas plus difficile que ça, petit malin !

Par plaisir, il me file un coup de genou dans le ventre. Sur le mode gâterie. J'efface de mon mieux.

— Je m'attendais pas à te trouver ici, dit-il. J'ai filé le gros « red face » (face rouge) en voyant qu'il suivait M. Farragus, mais franchement, toi, c'est la surprise, comment tu es venu ?

— Tapis volant, réponds-je brièvement, c'est ce qu'il y a de plus économique. Mais perds pas ton temps en blabla, Beulmann, sinon tu vas rater les jeux du cirque !

D'un coup de pouce je lui désigne l'intérieur du vivarium lequel, soit dit entre nous, est devenu un mortarium.

Tout en continuant de me braquer, Beulmann regarde. Sa contemplation dure peu. Au bout de quelques secondes il se détourne et se met à vomir comme s'il sortait d'une brasserie munichoise.

*
* *

La lutte dut être ardente et dure.

Indécise, même, je gage.

Si le Gros fut vaincu, c'est sûrement parce que son antagoniste l'a attaqué à la surprise.

Lui aussi est menotté. En plus on l'a bâillonné et on lui a ligoté les jambes. Il est écroulé à l'arrière de l'auto de Farragus. Quant à la petite Julia, elle gît, inanimée, avec une plaie à l'arrière du crâne. On l'a calmée d'un coup de crosse trop nerveux.

Ces messieurs conciliabulent brièvement. Neptuno est d'une pâleur de yaourt. Son regard est désespérément vide. La nuit a été rude pour lui aussi. On sent qu'il doit concentrer toute son énergie pour ne pas craquer.

Il se tourne vers les deux Chinois et dit en leur désignant Julia :

— Vous allez soigner cette gosse et la questionner adroitement. Sans dommage, hein ? Elle doit dire tout ce qu'elle sait. Je pense qu'une petite piqûre… N'est-ce pas ?

— O.K. monsieur Farragus, nasille le plus jaune

des deux (à moins que ce soit le contraire, ça n'a pas plus d'importance que le traité de Versailles).

Le roi de l'aéronautique (et du veuvage express) ajoute :

— Nous, nous regagnons la « Résidence » avec ces deux-là. Ils tombent à pic. Beulmann, je saurai vous récompenser pour cet exploit.

— C'est trop gentil à vous, m'sieur Farragus, roucoule le gros dindon (car il est mâtiné pigeon).

C'est trop gentil à vous... Comme si on lui proposait des petits fours devant une tasse de thé !

On prend place dans la grosse calèche du milliardaire, en adoptant la formation suivante : dans les buts...

Qu'est-ce que je déconne ? France-Espagne, c'était l'autre jour !

Au volant, veuillé-je dire : Beulmann. A ses côtés, le commissaire San-Antonio, menottes aux mains, liens aux pinceaux. A l'arrière : Béru, dûment entravé, comme j'ai eu la conscience professionnelle de vous le décrire. Puis Farragus. Et enfin la môme Maud.

Un peu joyce, malgré ses émotions, la poulette. Cette nuit dramatique, c'est SA nuit. L'aube qui se lèvera tout à l'heure risque de changer son destin. Elle le sait. Elle triomphe. N'est-ce pas elle qui a alerté Farragus ? Elle qui a compris les basses manœuvres de son odieuse épouse ?

— Tenez, m'sieur Farragus, dit Beulmann en passant un pétard long comme un pain de deux livres au milliardaire. Pour le cas où môssieur, là (il me désigne) voudrait jouer au malin.

Farragus prend l'arme et la tient couchée, comme un chaton, sur ses genoux.

— Allons-y, Beulmann ! ordonne-t-il. Et roulez à bonne allure, j'ai hâte de discuter sérieusement avec ces deux hommes. J'ai préféré pour cela que nous soyons en petit comité. Et puis il faut que les autres *mettent tout en ordre au zoo pour tout à l'heure. C'est fête demain, il y aura du monde.*

Il soupire.

Rien de plus communicatif qu'un soupir, hormis un bâillement. Je soupire également. Maintenant, je sais ce dont Farragus est capable, aussi mes illusions s'envolent à tire d'ailes. Ah ! mes pauvres amis, nous voilà loin des plans d'avion à récupérer ! En plein dérapage incontrôlé. On va glisser jusqu'où, commak ? Et se fracasser le museau à l'arrivée, vous pensez ? A force de butiner l'imprévisible ça devait arriver.

— Neptuno, chuchote Maud en se blottissant contre le milliardaire...

Les filles adorent se blottir contre l'épaule des milliardaires. Ils leur tiennent chaud partout. Et quand le grossium a le physique de cinoche de Farragus, alors c'est le bonheur majuscule...

On roule.

Un silence épais nous enveloppe, à peine souligné par le savant ronron de la tire. Au bout d'un moment, Béru qui a retrouvé ses esprits grogne noir derrière son bâillon. Je me retourne et lui décoche un sourire fataliste.

— Ainsi, tu t'es laissé enviander, mon pauvre lapin ?

Des yeux il m'explique sa détresse...

Il est venu, il a vu, il a été vaincu. C'est le choix du sort.

On a rejoint une grand-route noire et déserte qui semble grimper vers les étoiles. Des panneaux recommandent « *Speed limit 90* », mais Beulmann n'en a cure (comme disait un prêtre qu'on venait de congédier à son retour de voyage de noces). Il roule à fond de bidule, ainsi que le lui a demandé son patron. Quand on est Neptuno Farragus, les règlements, on se les introduit dans le baigneur. Les procès-verbaux on ne sait même plus que ça existe. On est salué par les flics. On est craint, donc adulé. On fait trembler. Faire trembler représente la réussite suprême d'un individu. Les plus grands noms de l'Histoire sont ceux des mecs qui ont foutu les jetons à leurs contemporains.

Neptuno Farragus ne pipe mot. Il doit penser à sa bergère. Sa vengeance ne le satisfait pas. Elle ne guérira jamais cette plaie de son orgueil. Il a tout obtenu par sa volonté âpre, y compris la femme d'un autre, à laquelle il rêvait depuis longtemps. Mais il s'est fait pigeonner. Il a foutu sa main de fer dans un engrenage qui a bien failli le broyer... Une telle faillite sentimentale est cruelle pour un homme de sa trempe.

Un grand bruit sourd !

On tressaille, tous, se demandant si l'on ne vient pas d'écraser un type dont la carcasse aurait voltigé sur le toit de la voiture.

— Qu'est-ce que c'est ? s'inquiète Maud.

Beulmann ralentit et se range sur le bas-côté de la route.

— Le couvercle de la malle arrière s'est ouvert, dit-il.

Je repense à mon rafistolage de fortune pour permettre de fermer le coffre. Les trépidations auront chassé le tournevis qui le bloquait. Beulmann descend et se porte à l'arrière du véhicule.

Vous avez déjà vu les Cléran's, au cirque ? Cette maestria, dites, quand ils font leur double saut périlleux entre deux trapèzes, se rattrapent sans bavure et retournent à leur perchoir de départ dans une magistrale envolée.

On dirait qu'ils fonctionnent à l'ordinateur. Chaque geste de l'un est le complément du geste de l'autre. Ils n'ont qu'une pensée commune, qu'une même volonté, qu'un seul œil ! Ben, il est des instants où Béru et Bibi c'est du kif. On est pile sur la même longueur d'ondes. Nous existons à l'unisson. Tenez, prenons le cas présent, par exemple. Nous n'avons besoin d'aucun signal. On ne s'est même pas coulé un début de bout de regard. Ça part simultanément, mieux que si on avait répété ce numéro pendant trente-deux ans.

Que je vous décompose... Béru a ramené ses deux mains bloquées par les menottes complètement sur sa gauche. Lorsqu'il a achevé ce premier mouvement,

Beulmann se trouve à la hauteur de la portière arrière. Alexandre-Benoît exécute alors un mouvement de rotation pareil à celui du lanceur de marteau. En l'occurrence, le marteau c'est ses mains chargées de chaînes. Farragus déguste les cartilages et les bracelets d'acier sur la tempe. Il pousse un cri étouffé et bascule contre cette pétasse de Maud, qui reste coite pendant une pincée de dixièmes de seconde. Beulmann pendant ce... coup de main est venu se placer derrière l'auto. Il a empoigné le rebord du coffiot et l'a rabattu. Surprise : le couvercle ne tient pas fermé. Il se penche pour voir ce qui ne va pas. Reprenons les choses une seconde et demie plus tôt. Bibi n'est pas resté inactif. Il a soulevé ses longues jambes d'adolescent devenu homme et les a coulées de l'autre côté du bloc de commande gainé de cuir fauve séparant le conducteur du passager. Un coup de reins, je suis assis à la place de Beulmann.

Ce dernier a commis une sottise impardonnable : il a laissé tourner le moteur. Cette tuture, comme toutes les grosses ricaines, est à embrayage automatique. Beulmann s'est contenté de placer la fiche de commande à la position Parking. Maud, folle de terreur, se met alors à gueuler. Elle tâtonne pour bicher la poignée d'ouverture de sa lourde. Le corps inerte de Farragus, jouant les Président Kennedy à Dallas, la gêne.

Beulmann qui a perçu ses cris se relève et commence de radiner de l'arrière, au pas de course. Moi, malgré mes mains menottées qui ne peuvent s'écarter de plus de trente centimètres l'une de l'autre, j'ai mis le petit levier de la boîte sur le « D ». De mes deux pinceaux ligotés, j'appuie sur la pédale d'accélération.

Dans ces cas-là on ne contrôle pas l'intensité de sa pression. Impossible ! Gavé de jus de derrick, l'auto décarre comme un boulet. A l'instant précis où la môme vient d'ouvrir sa lourde. La secousse du démarrage fait basculer Maud sur la route. Elle tiendra compagnie à Beulmann. Ce dernier n'ose pas défourailler, à cause de l'illustrissime boss qui se trouve dans le carrosse. Je bombe tant que je peux. Pas commode de conduire une bagnole dont : le couvercle de malle, la portière avant gauche et la portière arrière droite sont ouverts. Et de la piloter en ayant les mains et les jambes entravées. Mais il est des circonstances où l'on se fout des recommandations de la Sécurité Routière.

Je me farcis trois ou quatre kilomètres ainsi, me réjouissant de ne rencontrer aucune autre guinde. Enfin, avisant un chemin très secondaire, à droite, je m'y lance sans hésiter. Je parcours deux ou trois cents mètres, coupe le moteur et les phares et me retourne.

Béru est épanoui.

— Bien joué, Gros, applaudis-je. Je crois que nous continuons de former un beau tandem, toi et moi. Avance ton groin que je te débâillonne.

Dont acte.

— Comment va Monsieur ? m'enquiers-je en désignant Neptuno, toujours inanimé.

— Y s'fout du fléchissement de la Bourse, répond sobrement le Gravos après l'avoir rapidement ausculté.

— Il doit avoir un revolver, non ?

— Il avait ! répond mon laconique camarade en brandissant l'arme.

— O.K. ! Comme les clés de nos poucettes sont restées dans la poche de l'autre pomme, va falloir opérer en catastrophe.

J'élève mes poignets.

— Vise bien la serrure, Gros, et veille à ce que le canon respecte un bon angle, j'ai pas envie de dire adieu à mes mains.

— Fais-toi z'en pas, rassure mon ami. La serrurerie, c'est comme qui dirait mon violon d'Indre-et-Loir.

CHAPITRE XVII

Moi, franchement, j'adore la nature. J'aime la montagne en automne, avec son tapis brun. Et puis les écharpes de brume accrochées aux branchages dépouillés. Et les prés verts (comme disait Jacques) où pâturent de belles vaches nonchalantes (1).

Mais j'aime terriblement les villes aussi. Leur grouillement. Leur mystère. Leurs lumières.

Ce que je demande à une ville, c'est de ne jamais s'arrêter. J'attends d'elle un quartier, voire une simple rue où l'on puisse débarquer à n'importe quelle heure en étant assuré d'y trouver la vie en activité. Une ville qui ferme complètement à partir d'une certaine heure n'est qu'un bled. Voilà pourquoi j'adore Paris, et New York, et puis des endroits pourtant pas tellement sublimes, tel que Juan-les-Pins en juillet.

(1) La seule différence existant entre San-Antonio et un très grand écrivain, c'est que San-Antonio n'écume pas le bouillon avant de le servir.

Raymond Oliver.

A Miami Beach, il est une longue rue où flamboient les enseignes les plus tapageuses, les plus saugrenues et qui n'arrête pas de gronder, de musiquer, de pétarader. Une rue où à quatre plombes du matin, tu peux faire l'emplette d'un rasoir ou d'un cendrier orné du portrait de ce pauvre Martin Luther King.

J'arrête la pompe dans une ruelle, en lisière de la rue Luna-Park, et je dis à Bérurier :

— Tiens compagnie à M. Farragus, Gros. Moi, je vais aller remettre ce que tu sais à notre correspondant. Y a urgence.

L'Enflure ne sourcille pas. Dieu sait (Dieu et moi) que la connerie ne lui manque pas, au Mastar. Il a son taf. Son plein de super. C'est un con surchoix, équipé grand tourisme. Un con à toutes épreuves. Incassable. Incasable. Un con classé monument historique. Et pourtant, dans les cas importants, son hérédité paysanne le pourvoit d'une ruse aussi efficace que le serait l'intelligence.

— Fais ! me répond-il, sans poser de question. Et dis-lui qu'il se grouille !

Puis se tournant vers Neptuno dont c'est le tour d'être entravé :

— J' sus sûr que m'sieur Farragonze a hâte de rentrer se pieuter, si ce serait pas trop m'abuser ?

Je n'ai pas besoin d'aller très loin dans *Fiesta-street*. Le magasin que je cherchais est là, qui me tend sa porte pivotante. Il est bourré de fracas. Un monstre brouhaha, avec de la musique à vous massacrer les méninges. L'air conditionné, glacial. Des odeurs fortes de sueur, de friture, de caramel brûlé. Je m'y plonge voluptueusement. A cet instant seulement, j'éprouve l'enivrant sentiment d'avoir remporté une grande victoire. Je drague entre les rayons quincailleux de ce gigantesque bazar. Aux U.S.A. plus encore qu'ailleurs, la babiole est souveraine. L'article « cheap » fascine.

Je labyrinthe pendant quelques minutes, allant d'un présentoir à une vitrine, avant de trouver ce que je souhaite : le département photo. Une montagne d'appareils ! Depuis le gadget à un dollar jusqu'au Leica d'importation, en passant par l'éventail complet des japonouilleries.

Je découvre ce qu'il me faut : des Minox. Je choisis le plus perfectionné.

— Vous prenez combien de rouleaux de pellicule avec ? me demande la vendeuse, une radieuse fille couleur de bronze, aux lèvres presque noires.

— Pas de pellicule, merci.

Elle a l'air un peu surpris, mais ici c'est plein de tordus dont il ne faut pas trop essayer de percer les intentions.

Je sors le Minox de son étui, je jette ce dernier et glisse l'appareil dans la poche supérieure de mon veston.

Après quoi, je descends au club du sous-sol pour m'octroyer quelques reconstituants bien mérités.

*
* *

De retour à la pompe, je trouve Bérurier avec une boutanche de rye dans la main. Comme quoi le mimétisme continue de nous lier. Il l'a, m'apprend-il, découverte dans le minuscule bar ménagé sous l'accoudoir. Son regard allumé m'apprend que ce flacon presque vide devait être naguère presque plein.

— T'as été long, murmure le Gros. Il n'était pas chez lui ?

— Si, mais j'ai préféré attendre qu'il ait développé les photographies, dis-je en retirant le Minox de ma poche. On a sa petite conscience professionnelle pour soi.

Malgré son début de blindage, Pépère entre dans le jeu cent-coups-fait-rire.

— Elles étaient réussies ?

— Mieux encore que je n'espérais. A l'agrandissement ça doit payer.

C'est tout.

Et en français.

J'espère que Neptuno a pu suivre ? Il est italien, donc, il ne peut pas ne pas avoir saisi le sens de notre courte conversation.

— Détache M. Farragus, Gros !

Il tique un brin, c'est plus fort que lui.

— Ah bon ?

— Oui !

Sans insister, mon compère délie le magnat de l'aéronautique.

— Monsieur Farragus, fais-je à notre prisonnier, je pense que le moment de nous quitter est arrivé. Auparavant, je voudrais vous préciser quelques points qui pourraient vous sembler obscurs. Il est vrai que votre défunte femme n'était pour rien dans le rapt de Maud. Je suis le seul responsable de ce kidnapping. J'appartiens aux Services Secrets Français. Ceux-ci, disons-le carrément, avaient besoin d'une monnaie d'échange pour discuter avec vous d'une certaine affaire de prototype. Le procédé manquait d'élégance, j'en conviens, mais la mort prématurée d'un groupe d'ingénieurs de chez nous en manquait également, n'est-ce pas ? Les événements de cette nuit, Dieu merci pour ma conscience, nous permettent de vous restituer votre fille sans plus attendre car nous venons d'opérer un transfert de valeurs.

Je ressors mon Minox.

— Grâce à ce joujou, j'ai pris des clichés qui valent leur pesant d'hyposulfite. Ils montrent le célèbre Neptuno Farragus regardant périr sa femme dans la cage d'un boa. L'image fera sensation, croyez-le. Elle sera publiée après-demain à la une de tous les journaux français accompagnée d'un texte approprié. A moins naturellement que vous envisagiez une collaboration franche et honnête avec la France pour réaliser l'avion en question. Une haute autorité parisienne vous appellera demain pour s'enquérir de votre décision. Vous avez donc toute la nuit pour réfléchir, du moins ce qu'il en reste car l'aurore n'est plus loin. Moi, à votre place, je n'hésiterais pas. Quand on a bâti un empire on ne joue pas à le dynamiter... Cela dit, Pearl se trouve à Bimini, Bahamas, chez un vieil ecclésiastique un peu fou, le père Léveillé, qui ignore tout de ce micmac et auquel vous serez gentil de ne pas causer le moindre ennui. Si vous voulez bien me procurer un bout de papier blanc et un stylo, je vais vous faire un mot pour que tout soit en ordre auprès de ce vénérable vieillard et de son ami, le révérend-père Pinaud.

Je griffonne quelques lignes rassurantes sur le carnet à couverture de croco qu'il me tend.

Puis, satisfait, je drive la tuture jusqu'au « *Dorade Hôtel* ».

— Adieu, monsieur Farragus. Nous voici parvenus à destination. Si vous avez besoin d'un renseignement complémentaire, appelez-moi ici.

Il me file un regard tout chose. Songeur, admiratif. Puis il me dit :

— J'aime bien rencontrer un homme, de temps en temps.

Et croyez-moi ou allez vous faire honorer le balzac chez les Grecs, mais il me tend la main.

Moi, jamais bêcheur, je la lui serre.

Je sais d'ores et déjà que c'est gagné.

CLUSIONCON

— Ecoutez, mon petit, j'ai là monsieur le ministre à mon côté… Son Excellence me charge de vous dire combien elle… à quel point vous… En un mot : bravo ! For-mi-da-ble ! C'est Neptuno Farragus en personne qui a appelé la maison Blum-Dattaque voici une heure en lui annonçant que les fameux plans avaient été retrouvés et que les travaux allaient pouvoir reprendre…

Il est en transe, le Dabuche.

Va se payer une extinction de voix. Devant le ministre, il s'applique à en rajouter. Il fait mousser la savonnette ! Un vrai bain d'O-Bao, son burlingue, je gage…

Il parle, il exclame, complimente, applaudit, pouffe, glousse, promet, certifie, vivelafrance, anticipe, participe, déclare, prend à témoin, sermente, glorifie, sanglote. The délire…

C'est p't-être bon de se faire astiquer les tympans au sirop de chef ; pourtant, depuis un instant je n'écoute plus.

La porte de ma chambre s'est ouverte. Dans

l'encadrement se tiennent Pinaud et Pearl. Ils me regardent... Je leur souris.

L'héritière de l'empire Farragus fait quelques pas dans la pièce.

J'obstrue de la main l'émetteur pour lancer un velouté :

— Bonjour, beau petit oiseau des îles Bahamas !

Elle s'approche du lit où je suis vautré, vêtu seulement de mon pantalon de pyjama.

— Oh, darling, me dit-elle (1).

Elle s'assied près de moi. Elle a des larmes plein son magnifique regard couleur de je-ne-sais-plus-quoi-je-chercherai-plus-tard.

— Est-ce vrai, dites, est-ce bien vrai, réellement vrai ?

— Quoi, ma beauté pure ?

— Que je ne suis pas malade, ne l'ai jamais été ?

— C'est vrai, Pearl. Je vous en donne ma parole d'homme.

Elle se signe (2).

— Dieu soit loué, darling, alors je vais pouvoir aimer à ma guise ? Sans arrière-pensée ? Sans retenue ? Aimer de tout mon être ?

— Oui, mon ravissement, vous allez pouvoir, garantis-je en lui ouvrant les bras.

(1) En réalité, Pearl m'a dit « Oh, chéri ». En français. Mais comme nous parlons anglais et que je vous traduis les dialogues au fur et à mesure, toutes taxes comprises, je suis obligé d'écrire darling pour trouver l'équivalence de chéri. C'est bête, hein ?

(2) Fille d'Italien, vous pensez !

Elle semble ne pas voir mon geste. D'un élan elle s'est déjà redressée, elle court à Pinaud, noue ses bras au cou de Baderne-Baderne et lui plante un baiser à crampon en pleine bouche.

Cela fait, elle se retourne vers moi, la mine altière.

— Il n'est pas très beau, dit-elle, il n'est plus très jeune, pourtant c'est le plus merveilleux des amants.

FIN

ACHEVÉ D'IMPRIMER LE
20 DÉCEMBRE 1978 SUR LES
PRESSES DE L'IMPRIMERIE
BUSSIÈRE, SAINT-AMAND (CHER)

— N° d'impression : 1973. —
Dépôt légal : 1er trimestre 1979.
Imprimé en France

PUBLICATION MENSUELLE